所有痛苦都来自渴望、依恋和欲望。

人群中的人

THE MAN OF THE CROWD

THE COMPLETE TALES OF EDGAR ALLAN POE

[美国] 埃德加·爱伦·坡 著

曹明伦 译

译林出版社

图书在版编目（CIP）数据

人群中的人 / (美) 埃德加·爱伦·坡 (Edgar Allan Poe) 著 ; 曹明伦译. -- 南京 : 译林出版社, 2025. 5. -- (爱伦·坡小说全集). -- ISBN 978-7-5753-0498-6

Ⅰ. I712.45

中国国家版本馆 CIP 数据核字第 2025B17C29 号

人群中的人　［美国］埃德加·爱伦·坡 / 著　曹明伦 / 译

责任编辑　张紫毫
装帧设计　好谢翔
校　　对　戴小娥
责任印制　颜　亮

出版发行　译林出版社
地　　址　南京市湖南路 1 号 A 楼
邮　　箱　yilin@yilin.com
网　　址　www.yilin.com
市场热线　025-86633278
排　　版　南京新华丰制版有限公司
印　　刷　苏州市越洋印刷有限公司
开　　本　850 毫米 ×1168 毫米 1/32
印　　张　6.875
插　　页　2
版　　次　2025 年 5 月第 1 版
印　　次　2025 年 5 月第 1 次印刷
书　　号　ISBN 978-7-5753-0498-6
定　　价　32.80 元

目　　录

厄舍府之倒塌

他的心儿是一柄诗琴，

轻轻一拨就舒扬有声。

——贝朗瑞

那年秋天一个晦暝、昏暗、廓落、云幕低垂的日子，我一整天都策马独行，穿越一片异常阴郁的旷野。当暮色开始降临时，愁云笼罩的厄舍府终于遥遥在望。不知为什么，一看见那座房舍，我心中便充满了一种不堪忍受的抑郁。我说不堪忍受，因为那种抑郁无论如何也没法排遣，而往常即便到更凄凉的荒郊野地、更可怕的险山恶水，我也能从山情野趣中获得几分喜悦，从而使愁悒得到减轻。望着眼前的景象——那孤零零的房舍、房舍周围的地形、萧瑟的垣墙、空茫的窗眼、几丛茎叶繁芜的莎草、几株枝干惨白的枯树——我心中极度的抑郁真难用人间常情来比拟，也许只能比作鸦片服用者清醒后的感受：重新堕入现实生活之痛苦、重新撩开那层面纱之恐惧。我感到一阵冰凉、一阵虚脱、一阵心悸、一阵无法摆脱的凄怆、一阵任何想象力都无法将其理想化的悲凉。究竟是什么？我收缰思忖。是什么使我一见到厄舍府就如此颓丧？这真是个不解之谜。我也无从捉摸沉思时涌上心头的那些朦胧的幻觉。无奈我只能接受一个不尽如人意的结论：当天地间一些很简单的自然景物之组合具有能这样影响我们的力量之时，对这种力量的探究无疑超越了我们的思维能力。我心中暗想，也许只需稍稍改变一下眼前景象的某些局部，稍稍调整一下这幅画中的某些细节，就足以减轻或完全消除那种令人悲怆的力量。想到这儿，我纵马来到房舍前一个幽深的小湖，从陡峭的湖边朝下俯望。可看见湖水倒映出的灰蒙蒙的莎草、白森森的枯树和空洞洞的窗眼，我心中的惶悚甚至比刚才更为强烈。

然而，我却计划在这阴森的宅院里逗留几个星期。宅院的主人罗德里克·厄舍是我童年时代的好朋友，不过我俩最后一次见面已是多年前的事了。但不久前我在远方收到了他的一封信，信中急迫的请求使我只能亲身前往给予他当面答复。那封信表明他神经紧张。信中说到他身患重病；说到一种使他意气消沉的精神紊乱；说他极想见到我这个他最好的朋友、唯一的知交；希望通过与我相聚的愉悦来减轻他的疾病。信中还写了许多诸如此类的话。显而易见，他信中所求乃他心之所望，不允许我有半点犹豫，于是我马上听从了这个我依然认为非常奇异的召唤。

虽说我俩是童年时代的知交，但我对这位朋友实在知之甚少。他为人格外谨慎，平生不苟言谈。不过我仍然得知他那历史悠远的家族从来就以一种特有的敏感气质而闻名。在过去漫长的岁月中，这种气质在许多品位极高的艺术品中得以展现，而近年来又屡屡表现于慷慨而不张扬的慈善施舍，表现于对正统而易辨的音乐之美不感兴趣，反而热衷于其错综复杂。我还得知一个极不平常的事实，厄舍家族虽历史悠久，却不曾繁衍过任何能赓延不绝的旁系分支；换句话说，除在很短的时期内稍有过例外，整个家族从来都是一脉单传。想到这宅院的特性与宅院主人被公认的特性完全相符，想到这两种特性在漫长的几个世纪中可能相互影响，我不禁认为，也许正是这种没有旁系血亲的缺陷，正是这种家业和姓氏都一脉单传的结果，最终造成了两者的合二为一，使宅院原来的宅名变成了现在这个古怪而含糊的名称——厄舍府。在当地乡下人心目中，这名称似乎既指那座房舍，又指住在里面的人家。

前面说到，我那个多少有几分幼稚的试探的唯一结果，俯望湖面的结果，就是加深了我心中最初的诡异感。毋庸置疑,主要是我心中急剧增长的迷信意识(为什么不能称之为迷信呢?)促成了那种诡异感的加深。我早就知晓，那种迷信是一种似是而非的法则，即人类所有感情都以恐惧为基础。说不定正是因为这个原因，当我再次把目光从水中倒影移向那座房舍本身之时,我心中产生了一种奇怪的幻觉,那种幻觉非常荒谬,我提到它只是要说明令我压抑的那种感觉是多么真实而强烈。我如此沉湎于自己的想象，以至于我实实在在地认为那宅院及其周围悬浮着一种它们所特有的空气。那种空气并非生发于天地自然，而是生发于那些枯树残枝、灰墙暗壁，生发于那一汪死气沉沉的湖水。那是一种神秘而致命的雾霭，阴晦，凝滞，朦胧，沉浊如铅。

拂去脑子里那种谅必是梦幻的感觉，我更仔细地把那幢建筑打量了一番。它主要的特征看来就是非常古老。岁月留下的痕迹十分显著。表层覆盖了一层毛茸茸的苔藓，交织成一种优雅的网状从房檐蔓延而下。但这一切还说不上格外地破败凋零。那幢砖石建筑尚没有一处坍塌，只是它整体上的完好无损与构成其整体的每一块砖石的风化残缺之间有一种显而易见的极不协调。这种不协调倒在很大程度上使我想到了某个不常使用的地下室中的木制结构，由于常年不通风，那些木制结构表面上完好无损,实则早已腐朽了。不过，眼前这幢房子除了外表上大面积的破败，整个结构倒也看不出摇摇欲坠的迹象。说不定得有一双明察秋毫的眼睛，方能看出一道几乎看不见的裂缝，那裂缝从正面房顶向下顺着墙壁弯弯曲曲地延伸，最后消失在屋外那湖死水之中。

观看之间我已驰过一条不长的石铺大道，来到了那幢房子跟前。一名等候在那儿的仆人牵过我的马，我径直跨入了那道哥特式大厅拱门。另一名轻手轻脚的侍仆一声不吭地领着我穿过许多幽暗曲折的回廊去他主人的房间。不知怎么回事，一路上所看到的竟使我刚才描述过的那种说不清道不明的感情越发强烈。虽说我周围的一切（无论是天花板上的雕刻、四壁阴沉的幔帐、乌黑的檀木地板，以及那些光影交错、我一走过就铿锵作响的纹章甲胄）都不过是我从小就早已看惯的东西，虽说我毫不犹豫地承认那一切是多么熟悉，但我仍然惊奇地感觉到那些熟悉的物件在我心中唤起的想象竟是那样的陌生。在楼梯上我碰见了他家的家庭医生。我认为当时他脸上有一种狡黠与困惑交织的神情。他慌慌张张跟我打了个招呼便下楼而去。这时那名侍仆推开一道房门，把我引到了他主人跟前。

我进去的那个房间高大而宽敞。又长又窄的窗户顶端呈尖形。离黑色橡木地板老高老高，人伸直手臂也摸不着窗沿。微弱的暗红色光线从方格玻璃射入，刚好能照清室内比较显眼的物体；然而我睁大眼睛也看不清房间远处的角落或者回纹装饰的拱形天花板深处。黑色的帷幔垂悬四壁。室内家具多而古雅，但破旧而不舒适。房间里有不少书籍和乐器，却未能给房间增添一分生气。我觉得呼吸的空气中也充满了忧伤。整个房间都弥漫着一种凛然、钝重、驱不散的阴郁。

我一进屋厄舍便从他平躺着的一张沙发上起身，快活而热情地向我表示欢迎，开始我还以为他的热情有点过分，以为是那个厌世者在强颜欢笑。但当我看清他的脸后,我确信他完全是诚心诚意。我俩坐了下来，一时间他没有开口说话，我凝视着他，心中涌起一种又怜又怕的感情。这世上一定还没人像罗德里克·厄舍一样，在那么短的时间内发生那么可怕的变化！我好容易才确信眼前那个脸色苍白的人就是我童年时代的伙伴。不过他脸上的特征倒一直很突出。一副苍白憔悴的面容、一双又大又亮的清澈的眼睛、两片既薄又白但曲线绝美的嘴唇、一个轮廓优雅的希伯来式但又比希伯来鼻孔稍大的鼻子、一张不甚凸出但模样好看并显出他意志薄弱的下巴、一头比游丝更细更软的头发，所有这些特征再加上他异常宽阔的额顶便构成了一副令人难忘的容貌。现在他容貌上的特征和惯常有的神情只是比过去稍稍显著一点，却给他带来了那么大的变化，以至于我真怀疑自己在跟谁说话。而当时最令我吃惊甚至畏惧的莫过于他那白得像死尸一般的皮肤和亮得令人不可思议的眼睛。还有他那柔软的头发也被毫不在意地蓄得很长，当那细如游丝的头发不是耷拉而是飘拂在他眼前之时，我简直不能将那副奇异的表情与任何正常人的表情联系起来。

我一开始就觉得我朋友的动作既不连贯又不协调，很快我就发现那是因为一种他竭力在克服但又没法克服的习惯性痉挛，一种极度的神经紧张。对这一点我倒早有心理准备，一是因为读了他的信，二是还记得他童年时的某些特性，三则是根据他独特的身体状况和精神气质所做出的推断。他的动作忽而生气勃勃，忽而萎靡不振。他的声音忽而嗫嗫嚅嚅（这时元气似乎荡然无存），忽而又变得简洁有力，变成那种猝然、铿锵、不慌不忙的噪声，那种沉着、镇定、运用自如的喉音，那种声音也许只有在酩酊者心醉神迷之时或是不可救药的鸦片服用者神魂颠倒之时方能听到。

他就那样向我谈起他邀我来的目的，谈起他想见到我的诚挚愿望，谈起他希望我能提供的安慰。他还相当详细地谈到了他自我断定的病情。他说那是一种与生俱来的遗传疾病，一种他对药物治疗已不抱希望的顽症——他立即又补充说那不过是一种很快就准会逐渐痊愈的神经上的毛病。那病的症状表现在他大量的稀奇古怪的感觉。当他详述那些感觉时，其中一些使我既感兴趣又感迷惑，尽管这也许是他所用的字眼和说话的方式在起作用。一种病态的感觉敏锐使他备受折磨，他只能吃最淡而无味的饭菜，只能穿某一种质地的衣服，所有花的芬芳都令他窒息，甚至一点微光都令他的眼睛难受，而且只有某些特殊的声音以及弦乐器奏出的音乐才不会使他感到恐怖。

我发现他深深地陷在一种变态的恐怖之中。“我就要死了，”他对我说，“我肯定会在可悲的愚蠢中死去。就那样，就那样死去，不会有别的死法。我怕将要发生的事并非怕事情本身，而是怕其后果。我一想到任何会影响我这脆弱敏感的灵魂的事，哪怕是最微不足道的事，就会浑身发抖。其实我并不讨厌危险，除非在它绝对的影响之中，在恐怖之中。在这种不安的心态下，在这种可怜的境地中，我就感到那个时刻迟早会到来，我定会在与恐惧这个可怕幻想的抗争中失去我的生命和理智。”

此外我还不时从他断断续续、语义含混的暗示中看出他精神状态的另一个奇怪特征。他被束缚于一些关于他所居住并多年不敢擅离的那幢房子的迷信观念，被束缚于一种他谈及其想象的影响力时用词太模糊以至我没法复述的影响，一种仅仅由他家房子之形状和实质的某些特征在他心灵上造成的影响（由于长期的忍受，他说），一种由灰墙和塔楼的外观以及映出灰墙塔楼的那湖死水最终给他的精神状态造成的影响。

不过，虽然他犹豫再三，但他还是承认那种折磨他的奇特的忧郁之大部分可以追溯到一个更自然而且更具体的原因，那就是他在这世上仅有的最后一位亲人，他多少年来唯一的伴侣，他心爱的妹妹，长期以来一直重病缠身，实际上眼下已病入膏肓。"她一死，"他用一种令我难忘的痛苦的声音说，"这古老的厄舍家族就只剩下我一个人了（一个绝望而脆弱的人）。"他说话之际，马德琳小姐（别人就这么叫她）从那房间的尽头慢慢走过，没有注意到我的存在便悄然而逝。我看见她时心里有一种惊惧交织的感情——我却发现不可能找到那种感情的原因。当我的目光追随着她款款而去的脚步时，我只感到一阵恍恍惚惚。最后当门在她身后关上，我才本能地急速转眼去看她哥哥的神情，但他早已把脸深深地埋进双手之中，我只能看见他瘦骨嶙峋的十指比平常更苍白，指缝间正淌出滚滚热泪。

马德琳小姐的病早就使她的那些医生束手无策。根深蒂固的冷漠压抑、身体一天天地衰弱消瘦、加上那种虽说转瞬即逝却常常发作的强直性昏厥便构成了她疾病的异常症状。但她一直顽强地与疾病抗争，始终不让自己委身于病榻；可就在我到达那座房子的当天傍晚（她哥哥在夜里极度惶遽地来向我报了噩耗），她却终于屈从于死神的淫威；我方知我恍惚间对她的匆匆一瞥也许就成了我见到她的最后一眼，至少我是不会再见到活着的她了。

接下来的几天，厄舍和我都闭口不提她的名字。在那段日子里，我一直千方百计地减轻我朋友的愁苦。我们一起绘画，一起看书，或是我如痴如梦地听他那柄六弦琴如泣如诉的即兴演奏。就这样，我与他之间越来越亲密的朝夕相处使我越来越深入他的内心深处，也使我越来越痛苦地意识到我想让他振作起来的一切努力都将毫无结果，他那颗仿佛与生俱来就永无停息地散发着忧郁的心把整个精神和物质的世界变得一片阴暗。

我将永远记住我与厄舍府的主人共同度过的许多阴沉的时刻。但我却不可能试图用言辞来描述他使我陷入其中，或领着我读的那些书或做的那些事所具有的确切的性质。一种非常活跃并极其紊乱的想象力使一切都罩上了一层朦胧的光。他那些长段长段的即兴奏出的挽歌将永远回响在我的耳边。在其他曲调中，我痛苦地记得他对那首旋律激越的《冯·韦伯最后的华尔兹》[1] 所进行的一种奇异的变奏和扩充。从那些笼罩着他精巧的幻想、在他的画笔下逐渐变得空蒙、使我一见就发抖而且因为不知为何发抖而越发不寒而栗的绘画中——从那些（似乎迄今还历历在目的）绘画中，我总是费尽心机也只能演绎出那本来就只能属于书面语言范畴的一小部分。由于那绝对的单纯，由于他构思的裸露，他那些画令人既想看又怕看。如果这世上真有人画出过思想，那这个人就是罗德里克·厄舍。至少对我来说——在当时所处的环境中——那位疑病患者设法在他的画布上泼洒出的那种纯粹的抽象使人感到一种强烈得无法承受的畏惧，而我在观看福塞利[2] 那些色彩肯定强烈但幻想却太具体的画时也从未曾有过丝毫那样的畏惧感。

在我朋友那些幻影般的构思中，有一个不那么抽

1 《冯·韦伯最后的华尔兹》是由德国作曲家赖西格尔（K. G. Reissiger，1799—1859）为纪念冯·韦伯而作的一首弦乐独奏曲。

2 福塞利（Henry Fuseli，1741—1825），出生于瑞士的英国画家，其画充满了“忧郁的幻想和美妙的怪诞”。

象的构思也许可以勉强诉诸文字。那是一幅尺寸不大的画，画的是一个无限延伸的矩形地窖或是隧洞的内部，那地下空间的墙壁低矮、光滑、雪白，而且没有中断或装饰。画面上某些陪衬表明那洞穴是在地下极深处。巨大空间的任何部分都看不到出口，也看不见火把或其他人造光源，但有一片强光滚过整个空间，把整个画面沐浴在一种可怕的不适当的光辉之中。

我上文已谈到过他听觉神经的病态，除了某些弦乐器奏出的曲调，所有其他音乐都令他不堪忍受。也许正是他那样把自己局限于那柄六弦琴的原因，在很大程度上赋予他的弹奏那种古怪空幻的韵味。但他那些即兴之词的炽热酣畅却不能归结于这个原因。洋溢在他那些幻想曲的曲调和歌词（因为他常常边弹边即兴演唱）之中的炽热酣畅必定是，也的确是，精神极其镇静和高度集中的产物，而我在前文中婉转地提到过，他的沉着镇静只有当他不自然的兴奋到达顶点之时才能见到。我迄今还轻而易举地记得他那些即兴唱出的诗文中的一首。这也许是由于他弹唱的这首吟诵诗给我留下的印象最强烈，因为我当时以为自己从那潜在的或神秘的意蕴之中，第一次觉察到了厄舍心中的一个秘密：他已经充分意识到他那高高在上的崇高理性正摇摇欲坠。那首题为《闹鬼的宫殿》的诗基本上是这样的，如果不是一字不差的话：

1

在我们最绿的山谷之间，
　那儿曾住有善良的天使，
曾有座美丽庄严的宫殿——
　金碧辉煌，巍然屹立。
在思想国王的统辖之内——
　那宫阙岧岧直插天宇！
就连长着翅膀的撒拉费
　也没见过宫殿如此美丽！

2

金黄色的旗幡光彩夺目，
　在宫殿的屋顶漫卷飘扬；
（这一切——都踪影全无
　已是很久以前的时光）
那时连微风也爱嬉戏，
　在那甜蜜美好的年岁，
沿着宫殿的粉墙白壁，
　带翅的芳香隐隐飘飞。

3

当年流浪者来到这山谷，
　　能透过两扇明亮的窗口，
看见仙女们翩翩起舞，
　　伴和着诗琴的旋律悠悠，
婆娑曼舞围绕一个王位，
　　上坐降生于紫气的国君！
堂堂皇皇，他的荣耀光辉
　　与所见的帝王完全相称。

4

珍珠和红宝石熠熠闪光
　　装点着宫殿美丽的大门，
从宫门终日飘荡，飘荡，
　　总是飘来一阵阵回声，
一队队厄科[1]穿门而出，
　　她们的职能就是赞美，
用优美的声音反反复复
　　赞美国王的英明智慧。

1　厄科（Echo），希腊神话中的神女，回声的化身。

5

但是那邪恶，身披魔袍，
　侵入了国王高贵的领地；
(呜呼哀哉！让我们哀悼
　不幸的君王没有了翌日！)
过去御园的融融春色，
　昔日王家的万千气象，
现在不过是依稀的传说，
　早已被悠悠岁月淡忘。

6

而今旅游者走进山谷，
　透过那些鲜红的窗口，
会看见许多影子般的怪物
　伴着不和谐的旋律飘游，
同时，像一条湍急的小河，
　从那道苍白阴森的宫门，
可怕的一群不断地穿过，
　不见笑颜——只闻笑声。

我还清楚地记得那首歌谣的暗示当时曾引起我们许多联想，厄舍的一种见解就在那些联想中清晰地显露出来；我提到这种见解与其说是因为它新颖（其实别人[1]也有同样的观念），毋宁说是因为厄舍对它坚持不渝。那种见解一般说来就是认为花草树木皆有灵性。但在他骚乱的幻想中，那种观念显得更大胆，在某种情况下竟伸延到了非自然生长形成的体系。我无法用语言来表达他对那种观念相信到何等程度，或迷信到什么地步。不过，他的信念（正如我前文所暗示）与他祖传的那幢灰石房子有关。他想象那种灵性一直就存在于那些砖石的排列顺序之中，存在于覆盖砖石的大量细微苔藓的蔓延形状之中，存在于房子周围那些枯树的间隔距离之中，尤其存在于那种布局经年累月的始终如一之中，存在于那湖死水的倒影之中。它的存在，他说，那种灵性的存在可见于（他说到此我不禁吃了一惊）湖水和灰墙周围一种灵气之逐渐但无疑的凝聚。它的后果，他补充道，那种灵性的后果则可见于几百年来决定了他家命运的那种寂然无声却挥之不去的可怕影响，而正是那种影响使他成了我所看见的他——当时的他。这种看法无须评论，我也不想评论。

正如人们所能想象，我们当时所读的书与那种幻想十分一致，而那些书多年来已形成了那位病人精神

1　如沃森、珀西瓦尔博士和帕兰扎尼，尤其是兰达夫主教沃森。（参见《化学论文集》第 5 卷）——原注

状态的一个不小的组成部分。当时我俩一起读的有这样一些书：格雷塞的《绿虫》和《我的修道院》，马基雅维利的《魔鬼》，斯韦登堡的《天堂与地狱》，霍尔堡的《尼克拉·克里姆地下旅行记》，罗伯特·弗拉德、让·丹达涅和德·拉·尚布尔各自所著的《手相术》，蒂克的《蓝色的旅程》和康帕内拉的《太阳城》。我们所喜欢的一本书是多米尼克教派教士埃梅里克·德·希罗内所著的一册八开本《宗教法庭手册》，而庞波尼乌斯·梅拉谈及古代非洲的森林之神和牧羊之神的一些章节常常使厄舍如痴如醉地坐上几个小时。不过，我发现他的主要兴趣是读一本极其珍稀的四开本哥特体书——一座被遗忘的教堂的祈祷书，书名为《在美因茨教堂礼拜式上为亡灵之祝祷》。

在他已通知过我马德琳小姐去世消息后的一天傍晚，他告诉我他打算把妹妹的尸体放在府邸许多地窖中的一个中保存，等14天后才正式安葬，这时我就禁不住想到了那本书中疯狂的仪式以及它对这位疑病患者可能造成的影响。不过，他采取这一特别措施也有其世俗的原因，对此我觉得不便随意质疑。他告诉我，他之所以决定采取那个措施是考虑到他死去的妹妹所患之病异乎寻常，考虑到为她治病的那些医生冒昧而急切地探访，还考虑到他家墓地处所偏僻且无人守护。

我不会否认，当时我回忆起初到他家那天在楼梯上所碰见的那个人的阴险脸色，所以我压根儿没想到反对他采取那个我当时认为对任何人都没有伤害，而无论如何也不算违情悖理的预防措施。[1]

在厄舍的请求下，我便亲自帮他安排那临时的安葬。尸体早已装入棺材，我俩单独把它抬到了安放之处。我们安放棺材的那个地窖已经多年未打开过，里边令人窒息的空气差点儿熄灭我们的火把，使我们没有机会把地窖细看一番。我只觉得那个地窖又小又湿，没有丝毫缝隙可以透入光线。地窖在地下很深的地方，上方正好是我睡觉那个房间所在的位置。显而易见，那地窖在遥远的封建时代曾被用作地牢，后来又作为存放火药或其他易燃物品的库房，因为它地板的一部分和我们经过的一条长长的拱道内都被小心翼翼地包上了一层铜皮。那道巨大的铁门也采用了同样的保护措施。沉重的铁门在铰链上旋动时便发出格外尖厉的吱嘎声。

我们在可怕的地窖里把棺材安放在架子上之后，把尚未钉上的棺盖打开，瞻仰死者的遗容。他们兄妹俩容貌上的惊人相似第一次引起了我的注意；厄舍大

---

1 当时解剖用尸体缺乏，盗卖鲜尸十分普遍。

概猜到了我的心思，用低沉的声音对我进行了一番解释，从他的解释中我得知，原来死者和他是孪生兄妹，他俩之间一直存在着一种几乎令人难以理解的生理上的感应。但我们的目光并没有在死者身上久留，因为我们都不免感到畏惧。如同对所有强直性昏厥症患者一样，那种使她香消玉殒的疾病在她的胸上和脸上徒然留下了一层淡淡的红晕，在她的嘴唇上留下了那种令人生疑、逗留不去、看起来那么可怕的微笑。我们重新盖上棺盖，钉上钉子，关好铁门，然后跌跌撞撞地回到了几乎与地窖一样阴沉的地面。

在过了痛苦悲伤的几天之后，我朋友精神紊乱的特征有了显著的变化。他平时那种举止行为不见了。他也不再关心或是完全忘了他平时爱做的那些事。他现在总是匆匆忙忙、歪歪倒倒、漫无目的地从一个房间到另一个房间。他苍白的脸色，如果真可能的话，变得更加苍白，但他眼睛的光泽已完全消失。他那种不时沙哑的声音再也听不到了，代之以一种总是在颤抖的声音，仿佛那声音里充满了极度的恐惧。实际上我有时还感到，他那永无安宁的心中正藏着某个令他窒息的秘密，而他正在拼命积蓄能揭开那秘密的勇气。我有时又不得不把他所有的反常归结为令人费解的癫狂行为，因为我看见过他长时间以一种全神贯注的姿势茫然地凝视空间，仿佛是在倾听某个他想象的声音。难怪他的状况使我感到恐惧，使我受到影响。我觉得他那种古怪荒谬却给人以深刻印象的迷信之强烈影响，正慢慢地但无疑地在我心中蔓延。

尤其是在把马德琳小姐安放进地窖后的第七或第八天晚上，我在床上充分体验到了那种影响的力量。当时我辗转反侧不能入睡，而时间却在一点一点地流逝。我拼命想克服那种已把我支配的紧张不安，竭力使自己相信，我的紧张多半是（如果不全是）由于房间里那些令人抑郁的家具的使人迷惑的影响，由于那些褴褛的黑幔的影响，当时一场即将来临的风暴送来的阵风卷动了那些帷幔，使它们在墙头阵阵晃动，在床头的装饰物上沙沙作响。但我的一番努力无济于事。一阵压抑不住的颤抖逐渐传遍我全身，最后一个可怕的梦魇终于压上心头。我一阵挣扎，气喘吁吁地摆脱了那个梦魇，从枕头上探起身子凝视黑洞洞的房间，侧耳去倾听（我不知为何要去听，除非那是一种本能的驱使），倾听一个在风声的间歇之时偶尔传来的微弱而模糊的声音，我不知那声音来自何方。被一阵莫可名状、难以忍受、强烈的恐惧感所攫住，我慌慌张张地穿上衣服（因为我感觉到那天晚上我再也不能安然入睡），开始在房间里疾步走来走去，想用这种方式来摆脱我所陷入的那种可怜的心态。

我刚那样来回走了几圈，附近楼梯上一阵轻微的脚步声引起了我的注意。我不久就听出那是厄舍的脚步声。紧接着他轻轻叩了叩门，端着一盏灯进了我的房间。他的脸色和平时一样苍白，但不同的是他的眼睛里有一种疯狂的喜悦，他的举动中有一种虽经克制但仍显而易见的歇斯底里。他那副样子使我害怕，但当时最使我不堪忍受的是那份独守长夜的孤独，所以我甚至把他的到来当作一种解救。

“你还没有看见？”他一声不吭地朝四下张望了一阵，然后突然问我，“这么说你还没有看见？但等一等！你会看见的。”他一边这样说着话一边小心地把那盏灯遮好，然后冲到一扇窗前，猛然将其推开，让我看窗外骤起的暴风。

刮进屋里的那阵风的猛劲差点儿使我俩没站稳脚跟。那的确是一个狂风大作却异常美丽的夜晚，一个恐怖与美丽交织的奇特的夜晚。一场旋风显然早已在我们附近聚集起它的力量，因为风向正在频繁而剧烈地变动，大团大团的乌云垂悬得那么低，仿佛就压在那座府邸的塔楼顶上；但浓密的乌云并没有妨碍我们看见变换着方向的风从四面八方刮起，极富生气地在附近飞驰碰撞。我说即使浓密的乌云也没有妨碍我们看见那场大风，可我们没有看见月亮或星星，也没有看见任何闪电。但是，在那些大团大团涌动着的乌云下面，在我们眼前地面上的物体之上，却有一层闪着微弱但清晰的奇异白光的雾霭，像一张裹尸布把府邸及其周围笼罩，使一切都泛出白光。

“你不能——你不该看这个！”我哆嗦着一边对厄舍说一边轻轻用力把他从窗口拖到一把椅子上。“这些使你迷惑的景象不过是很普通的电气现象，或者也许是那湖中瘴气弥漫的缘故。让我们关上窗户，冷空气对你的身体可没有好处。这儿有一本你喜欢的传奇小说。我来念给你听，这样我们可以一起熬过这可怕的夜晚。”

我随手拿起的那本旧书是兰斯洛特·坎宁爵士的《疯狂的约会》，但我说它是厄舍喜欢的书则不过是一句言不由衷的调侃，因为平心而论，那本书语言粗俗，想象缺乏，故事也拖泥带水，其中很少有东西能引起我那位心智高尚、超凡脱俗的朋友的兴趣。不过，那是当时我手边唯一的一本书；而且我还有一种侥幸心理，那就是我希望正搅得我朋友不安的那份激动恰好能在我读给他听的那些荒唐透顶的情节中得以缓解（因为精神紊乱的病史中不乏有同样的异常事例）。事实上，假若当时我能从他听（或表面在听）故事时表露出来的快活中所潜藏的过度紧张做出判断的话，那我说不定真可以庆幸自己的设想成功了。

我已经念到故事为人们所熟悉的那一部分，那次会面的主人公埃塞尔雷德想和平进入那个隐士的居处未获允许，于是他便开始强行闯入。记得这段情节是这样的：

埃塞尔雷德生性勇猛刚强，加之他眼下又趁着酒劲，于是他不再与那个顽固不化且心肠歹毒的隐士多费口舌，当感到雨点落在肩上，他担心暴风雨就要来临，便抡起钉头锤一阵猛击，很快就在门上砸出一个窟窿，他伸进戴着臂铠的手使劲一拉，顿时将那道门拉裂扯碎，那干木板破裂的声音令人心惊胆战，在那座森林中久久回响。

刚念完最后一句我猛然一惊，一时间竟没有接着往下念。因为我似乎听见（虽然我随即就断定是我因激动而产生的幻觉欺骗了我），我似乎听见从那座府邸中某个僻静的角落隐隐传来一个回声，那回声与兰斯洛特·坎宁爵士在书中所描写的那种破门声非常相似，只是听起来更沉闷一点。毫无疑问，正是那个巧合吸引了我的注意力；但在噼噼啪啪的窗框撞击声和窗外混杂着其他声音的越来越强的风声中，那个声音的确算不了什么，它既没有引起我的兴趣，也没有搅得我心神不宁。我开始继续念故事：

但破门而入的勇士埃塞尔雷德又恼又惊地发现，眼前并没有那个歹毒隐士的踪影，却见一条遍身鳞甲、口吐火舌的巨龙，守着一座黄金建造、白银铺地的宫殿；宫墙上悬着一面闪闪发光的铜盾，铜盾上镌刻着两行铭文——

进此殿者得此箱

屠此龙者赢此盾

埃塞尔雷德抡起钉头锤，一锤击中龙头，巨龙顿时倒在他眼前，发出一声临死的惨叫，那声惨叫撕心裂胆，前所未闻，令人毛骨悚然，埃塞尔雷德不得不用双手捂住耳朵。

念到这儿我又猝然停住，心中感到大为惊讶，因为无论如何也不能怀疑，这一次我的确是清清楚楚地听到了（尽管我发现不可能说出声音来自何方）一个微弱而遥远却刺耳的、拖长的、最异乎寻常的尖叫声和摩擦声。这声音刚好与我根据书中描写所想象出来的那声巨龙的惨叫相吻合。

虽然由于这第二次最不寻常的巧合，各种相互矛盾的感情压得我喘不过气来，而其中最令我不堪承受的是极度的惊讶和恐怖，但我仍然保持着足够的镇静，以免被我朋友看出蹊跷，从而刺激他敏感的神经。我不敢肯定他是否注意到了我说的那个声音，尽管他的举止在刚才几分钟内的确发生了一个奇怪的变化。他本来是面对我坐着，可现在他已慢慢地把椅子转开，以便他的脸正对着房门，这样我虽然看见他的嘴唇在颤动，仿佛在无声地念叨着什么，但不能看见他的整个面部。他的头耷拉在胸前，但从侧面我也能看出他正睁大着眼睛，所以我知道他没有睡着。他身体的动作也说明他并没有睡觉，因为他的身体一直轻轻地不停地左右摇晃。把这一切看在眼里，我又继续念兰斯洛特爵士的那篇故事。情节如下：

那勇士从巨龙可怕的惨叫声中回过神来，想起了墙上那面铜盾，想起了祛除附在盾上的魔法。于是他搬开横在他面前的巨龙的尸体，勇敢地踏过白银地板走向悬挂盾牌的那道墙壁；可实际上没等他走到墙根，那面铜盾便掉在了他脚下的白银地板上，发出一声铿锵的可怕巨响。

最后几个字还挂在我嘴边（仿佛当时真有一面铜盾重重地砸到了白银地板上），我听到了一声清晰而沉重的金属撞击声，不过听起来显得沉闷压抑。这下我惊得一跃而起，厄舍却依然在椅子上摇来晃去。我冲到他的椅子跟前。他的眼睛一眨不眨地紧盯着地面，他的整个表情严肃得犹如石雕。但是，当我把手放上他的肩头，他浑身上下猛然一阵战栗，哆嗦的嘴唇露出一丝阴沉的冷笑；我看见他的嘴在急促地颤动，结结巴巴地在念叨着什么。仿佛没意识到我在他眼前，我俯下身子凑近他的嘴边，终于听出了他那番话的可怕含义。

“没听见吗？不，我听见了，而且早就听见了，早就——早就听见了。许多分钟以前，许多小时以前，许多天以前我就听见了。可我不敢说！哦，可怜我吧，我是个可怜的家伙！我不敢，我不敢说！我们把她活埋了！我不是告诉过你我感觉敏锐吗？我现在告诉你，她在那空洞洞的棺材里最初弄出的轻微响动我就听见了。我听见了动静，许多天，许多天以前。但我不敢，我不敢说！可现在，今天晚上，埃塞尔雷德，哈！哈！那隐士洞门的破裂，那巨龙临死的惨叫，那盾牌落地的铿锵！嘿，还不如说是她棺材的破裂声，她囚牢铁铰链的摩擦声，她在地窖铜廊中的挣扎声！哦，我现在逃到哪儿去？难道她不会马上就到这儿来？她难道不正匆匆赶来责备我做事草率？难道我没有听见她上楼的脚步声？难道我没有听出她的心在猛烈而可怕地跳动？疯狂的人哟！”念叨到这儿他突然疯狂地一跃而起，把嗓门提到尖叫的程度，仿佛他正在做垂死的挣扎，“疯狂的人哟！我告诉你她现在就站在门外！”

似乎他那声具有超凡力量的呼叫真有一股魔力，随着他那声呼叫，他用手指着的那道又大又沉的黑檀木房门两扇古老的门扉竟慢慢张开。那是风的缘故，但是，门外果真站着身披衾衣的马德琳小姐凛然的身影。她那白色的衾衣上血迹斑斑，她消瘦的身子浑身上下都有挣扎过的痕迹。她颤颤巍巍、摇摇晃晃在门口站立了一会儿，然后随着一声低低的呻吟，她朝屋内一头栽倒在她哥哥身上，临死前那阵猛烈而痛苦的挣扎把她哥哥也一并拽倒在地，厄舍倒下时已成了一具尸体，成了他曾预言过的恐怖的牺牲品。

我心惊胆战地逃离了那个房间和那座府邸。当我惊魂未定地穿过那条古老的石铺大道之时，四下里依然是狂风大作。突然，顺着大道射来一道奇异的光，我不由得掉头去看那道光的来源，因为我知道身后只有那座府邸和它的阴影。原来那光发自一轮圆圆的、西沉的、血红色的月亮，现在那红色的月光清清楚楚地照亮了我前文说过的那道原来几乎看不见的、从正面房顶向下顺着墙壁弯弯曲曲延伸的裂缝。就在我凝望之际，那道裂缝急速变宽，随之一阵狂风卷来，那轮血红的月亮一下迸到我眼前。我头昏眼花地看见那座高大的府邸正在崩溃坍塌，接着是一阵久久不息的骚动声，听起来就像是万顷波涛在汹涌咆哮。我脚下那个幽深而阴沉的小湖，悄然无声地淹没了厄舍府的残砖碎瓦。

埃莱奥诺拉

灵魂安于特殊形体的保护。

——拉蒙·卢尔

我生于一个以其想象力丰富和感情炽热而著称的家族。人们历来认为我疯狂。不过，疯狂到底是不是最高的智慧？许多辉煌成就和全部远见卓识是否就来自这种思想疾病，来自以正常智力为代价而得以升华的这种精神状态？这样的问题迄今尚无答案。白日做梦者知晓许多只在夜晚做梦的人无法知晓的事理。他们在阴郁的梦幻中瞥见未来，醒来时激动地发现他们已经接近那个巨大的秘密。渐渐地，他们明白了一些善良的智慧，知晓了更多纯粹是邪恶的知识。尽管没有舵轮也没有罗盘，他们还是驶入了那片“不可名状的光”的浩瀚海洋，而且就像那位努比亚地理学家[1]的

1 指摩洛哥地理学家伊德里西（Al Idrisi，1100—1166），他写的世界地理志之拉丁语译本于1619年在巴黎出版，书名被译为《努比亚地理志》（Geographia Nubiansis），从此他也被讹传为努比亚人。

探险，“他们已进入黑暗的海洋，欲发现那片海洋中有什么”。

因此我们可以说我疯狂。至少我承认我的精神生活中有两种性质不同的状态：一种是清晰而无疑的状态，它属于构成我生命第一时期的那些事件的记忆；另一种是朦胧而疑惑的状态，它属于现在，属于构成我生命第二纪元的那些事的回想。所以，对我就要讲述的第一时期的事，请读者尽管确信不疑；对我会谈起的第二纪元的事，则只相信可信之处，或全然不信。如若你们对我第二纪元的事不能不信，那就像俄狄浦斯一样去解开这个斯芬克司之谜。

我青年时代所爱的她，我此刻平静而清楚地为之写下这些回忆的她，是我早已去世的母亲唯一一个妹妹的独生女儿。埃莱奥诺拉就是我这位表妹的芳名。我们曾长期共同生活，在热带地区的阳光下，在那个“多色草山谷”中。没有向导谁也进不了那个山谷，因为它在遥远的崇山峻岭之间，四周环绕着悬崖峭壁，其最可爱的幽深处终年照不进阳光。那山谷周围没有进出的道路，要去我们幸福的家，必须用力拨开成千株森林树木的绿叶，必须践踏上万朵姹紫嫣红的香花。我，我表妹，还有她母亲，就那样过着远离尘嚣的生活，全然不知山谷外边的世界。

从我们那片群山环抱的领地北边，从山外某个混沌的地方，缓缓流来一条狭窄而幽深的小河，除了埃莱奥诺拉那双眼睛，没有什么能比那小河更清澈晶莹。小河蜿蜒曲折，静静流过，流向比它的发源地更混沌的山边，最后从山间穿一幽暗的峡谷迤逦而去。我们把那条小河叫作“宁静之河”，因为它的水流似乎能使人宁静。它的河床里悄然无声，河水的流动是那么潺湲，以至于河底那些我们喜欢凝视的珍珠般的卵石从来就纹丝不动，只是心满意足地躺在它们各自本来的位置，永远闪烁着灿烂的光芒。

小河的两岸，无数逶迤而来汇入小河的粼粼溪流的两岸，以及从这些岸边向下伸延到河流深处有卵石的地方的河床溪底，都和整个山谷里一样铺着一层密密的、矮矮的、平平的、柔嫩而芬芳的青草，只是从河岸到周围山地的绿色地毯上到处都点缀着黄色的金凤花、白色的延命菊、紫色的紫罗兰和鲜红色的常春花，那超凡绝伦的美向我们的心底大声诉说着上帝的爱和上帝的荣耀。

在青草地上各处的小树林里，犹如数不清的梦幻，生长着一棵棵奇异的树，它们又细又高的树干不是向上直立，而是朝着只有在正午才能窥视一下山谷中央的阳光优雅地倾斜。它们的树皮闪现着交替变换的黑色或银色的斑点，而且除了埃莱奥诺拉那张脸庞，没有什么能比那些树皮更光滑，所以要不是从树端整整齐齐伸出的巨大绿叶在颤巍巍地迎风嬉戏，人们说不定会以为那是一条条在向主宰它们的太阳顶礼膜拜的叙利亚巨蟒。

在爱情尚未进入我们心中之前的15年里，我和埃莱奥诺拉常常手拉手地在山谷里漫游。那是在她将满15岁而我将满20岁那年的一天黄昏，我们坐到了那些巨蟒般的树下，相互依偎在对方怀里，静静地观看宁静之河的水面映出的我俩的倒影。在那美妙的一天剩下的时间里，我俩都默默无言，甚至第二天我俩也很少说话，说话时声音也还在颤抖。我们已经从水中引来了爱神厄洛斯，现在我们感到他已经在我们心中激起了我们祖辈那种火一般的热情。那种数百年来一直使我们家族闻名的激情与那种也同样使我们家族驰誉的想象力一道蜂拥而至，并一道为“多色草山谷”带来了一种狂喜极乐。山谷里的一切都发生了变化。以前从不开花的树上突然绽开一种奇异而漂亮的星形花朵。绿色的草地变得更青翠，而在白色的延命菊一朵朵消失的地方，十朵十朵地开出鲜红的常春花。我们漫步的小径也出现生机，因为从不见踪影的火烈鸟在我们面前炫耀其火红色的羽毛，随之而来的还有各种快活而斑斓的小鸟。金色和银色的鱼儿开始在小河里嬉游，小河渐渐发出淙淙水声，水声变得越来越清晰，最后汇成一种比埃俄罗斯的竖琴声还柔和甜蜜的曲调，除了埃莱奥诺拉那副嗓子，没有什么能比那曲调更动听。还有那一大片我们常见于金星附近的云彩，现在也飘离金星，带着它全部鲜红和金黄的灿烂，静静地停在了我们头顶，然后一天天下降，越来越低，直到它的边缘栖息在群山之巅，把阴沉的山顶变得壮观而瑰丽，仿佛把我们永远关进了一个魔幻般的富丽堂皇的囚笼。

埃莱奥诺拉的美是天使之美，但她是一个天真烂漫的人间少女，犹如她在花间度过的短促人生一样纯洁无瑕。她毫不掩饰燃烧在她胸中的爱之炽热，当我们在“多色草山谷”漫步之时，她同我一起探讨爱最深奥的真谛，并谈论起山谷中所发生的巨大变化。

后来有一天，她含着眼泪说到了那终将降临于人类的最后的劫变。从那以后她就老想着这个悲伤的话题，我们无论谈论什么她都会插进这个题目，就像在设拉子那位诗人的诗行间，同样的意象被发现反复出现在诗句的每一种令人难忘的变化之中。[1]

---

1 “设拉子那位诗人”指古波斯诗人哈菲兹（Hafiz，1327—1390），他诗中永恒的意象即美酒、美人和爱情。

她早已发现死神的手指已触到了她的胸房，发现自己犹如蜉蝣，仅仅是为了死亡才被赋予天生丽质。不过只是在她感到一种担忧时，坟墓才使她产生恐惧，而在一天傍晚薄暮时分，她在宁静之河河边向我诉说了她的担忧。她忧心忡忡的原因是怕我在把她葬于“多色草山谷”之后，我会永远离开那快乐的幽谷，会把对她的一腔恋情转移到山外俗世中某位少女身上。我听完她的诉说当即匆匆跪在她脚下，对她和上帝立下了一个誓言，我今生绝不会同今世的任何女人结婚，我无论如何也不会忘记可爱的她，不会忘记她曾使我幸福的至爱深情。我请求全能的主为我庄严的誓言做证。倘若日后我自食其言，必遭我对他和她（极乐世界的一位圣女）立下的誓言中所包含的那个惩罚，在此我不能把那种惩罚之极其恐怖用文字记录下来。我这番话使埃莱奥诺拉晶莹的眼睛变得更晶莹，她一声长叹，仿佛是释去了心头的重负，接着她浑身发颤，很伤心地哭了，但她接受了我的誓言（因为她毕竟还是个孩子），那誓言使她能安然面对死亡。不久之后，她平静地死去，临死前她对我说，由于我为安慰她的灵魂所做的一切，她死后灵魂将来照顾我，如果允许她那样做，她会在夜晚未眠时分有形地回到我身边。但如果那样做超越了极乐世界的灵魂之能力，那她至少会让我常常感到她存在的迹象，会在晚风中对着我叹息，或是让天使香炉里的香弥漫我呼吸的空气。这些话之余音还挂在她嘴边，她就结束了她纯洁的生命，同时也结束了我生命的第一时期。

至此我已把第一时期原原本本地讲完。但由于我在时间之路上经过了痛失心上人这一关，我觉得在我生命的第二纪元中总有一片阴影笼罩着我的头脑，因而我不相信下面的记录完全正确。不过还是让我往下讲吧。沉闷的日子年复一年地过去，我依然住在“多色草山谷”，但山谷中的一切已经历了第二次变化。星形花缩进树枝再也不见踪影，绿色的草地渐渐不再青翠，鲜红的常春花一朵朵凋谢，取而代之的是十朵十朵开放的黑眼睛似的紫罗兰，这些紫罗兰总是不安地扭动，总是承负着沉甸甸的露珠。我们漫步的小径也失去了生机，因为高大的火烈鸟不再向我们炫耀火红的羽毛，而是悲伤地离开那幽谷飞进了深山，与它做伴的那些快活而斑斓的小鸟也随它而去。金色和银色的鱼儿顺着小河穿过峡谷离开了我们的领地，从此再也不来装点那可爱的小河。而那比埃俄罗斯的竖琴声还柔和甜蜜的曲调，那除了埃莱奥诺拉的嗓音比什么都动听的曲调，也渐渐地变回成淙淙水声，水声越来越低，小河终于完全恢复了昔日的肃穆岑寂。最后，那一大片云彩也冉冉升起，把群山之顶重新抛回过去的混沌，云彩飘回金星闪烁的地方，带走了“多色草山谷”全部的富丽堂皇和壮观瑰丽。

但是，埃莱奥诺拉许下的诺言未被忘记，因为我常常听见天使们的香炉摇晃的声音，山谷中也总是飘浮着一阵阵圣洁的芳香。有时当我心情沉重的时候，吹拂我额顶的柔风会带来一阵轻柔的叹息，夜晚的空气中常常充满了隐隐约约的呢哝，而有一次，哦，只有一次！我从死一般的沉睡中被唤醒，觉得刚才有两片无形的嘴唇吻在我的唇上。

但尽管如此，我心里那份空虚仍无法填满。我渴望那种曾充溢我心间的爱。最后山谷中的一切都使我痛苦，因为它们总使我想起埃莱奥诺拉，于是我永远地离开了山谷，来到了山外喧嚣而浮华的世界。

* * * * *

我发现自己来到了一座陌生的城市，那里的一切说不定会抹去我长久以来对“多色草山谷”那些美梦的记忆。堂堂宫廷的靡丽豪华，刀剑甲胄的碰撞铿锵，以及红颜粉黛的千娇百媚，使我着迷，令我陶醉。但我的心依然忠于它的誓言，我在夜深人静之时仍能感到埃莱奥诺拉存在的迹象。可突然间那些迹象不再显现，我眼前的世界变得一团漆黑。接着我惊于那把我攫住的火热的欲望，惊于那把我缠住的可怕的诱惑，因为从一个非常遥远且无人知晓的国度，一位少女来到了我侍奉的那位国王的王宫。她的美顷刻就俘虏了我怯懦的心。怀着最热烈最卑微的爱慕，我心甘情愿地拜倒在她的脚下。与我含泪跪在飘逸的埃芒迦德脚边向她倾诉我满腔爱慕之情时的那种炽热、那种痴狂、那种心醉神迷相比，我对山谷中那位年轻姑娘的恋情又算得了什么呢？哦，圣女般的埃芒迦德就是辉煌！置身于那种光芒中我心里再装不下别人。哦，天使般的埃芒迦德就是神圣！当我凝视她那双似曾相识的眼睛深处时，我只想到那双眼睛，只想到她。

我结婚了，毫不惧怕我曾祈求过的诅咒，惩罚的痛苦也没有降临到我头上。而有一次，但又是在寂静的夜晚，那早已弃我而去的轻柔叹息透过窗棂传来，叹息声变成了熟悉而甜蜜的嗓音，嗓音说：

“安心睡吧！因为有爱之神主宰一切。当你倾心于名叫埃芒迦德的她时，你对埃莱奥诺拉立下的誓言即被解除，其原因待你日后升天就可知晓。”

莫雷娜

就它本身，只靠本身，万世不易，唯一一个。

——柏拉图《会饮篇》

对我的朋友莫雷娜，我怀着一腔非常深厚但最最异常的感情。多年前偶然被抛进她的圈子，从我们初次相遇，我的灵魂便燃烧起一种我以前从不知道的火焰，但那并非爱神之火。待我渐渐确信我无论如何也没法解释那火焰非同寻常的意义，或调整其含混不明的强烈程度之后，我的灵魂开始受到痛苦的煎熬。然而，我们相遇了，命运在神坛前把我俩结合到了一起，但我从没提起过恋情，也绝没想到过爱。可是，她放弃了所有的交往，只陪伴在我身边，使我幸福。那是一种令人惊讶的幸福，一种梦幻般的幸福。

莫雷娜学识渊博。正如我所希望的那样，她天资出众，智力超群。我感觉到了这点，并在许多问题上成了她的学生。但不久之后我发现，也许是因为她曾在普雷斯堡大学念过书的缘故，她在我面前摆出了许多神秘主义的作品，而这些作品在今天通常都被视为早期日耳曼文学的糟粕。我没法想象，她为何偏爱这些书并长期对其进行研究；我也没法想象，这些书后来竟渐渐成了我的所爱，这应该归因于她简单有效的言传身教。

在整个过程中，如果我没弄错的话，我的理性很少起作用。我之信服或者说我之忘我，绝不是什么观念的效力。无论在我的行为还是思想中，除非我现在还大错特错，都找不到丝毫我所读到的神秘主义的色彩。由于信服，我盲目地把自己交给妻子引导，并毫不畏缩地步入了她那座研究的迷宫。而后来，后来当我因阅读那些禁书而感到被禁锢的心灵开始激荡之时，莫雷娜便会把她冰凉的手摁在我手上，从一门死亡的哲学中煽出一些早已冷透的古怪词句的灰烬，而这些词句的含义便会在我的记忆中死灰复燃并熊熊燃烧。于是我就会几个小时几个小时地逗留在她身边，沉溺于她娓娓动听的声音，直到最后，那悦耳的声音被恐怖浸染，我的灵魂被一片阴影笼罩，一听见那神秘的声调我便会脸色苍白，内心战栗。就这样，欢乐突然间变成了恐怖，最美丽的变成了最可怕的，就像欣嫩子谷变成了哥赫那谷[1]。

没必要阐述那些名篇巨论的大宗宏旨，没必要说明我提到的那些卷帙的特殊性质，总之在很长一段时间内，它们几乎是我和莫雷娜谈话的唯一内容。那些涉及的学科也许可被称为神学伦理学，精通其学者自然一看就懂，而不精通者则会百思不得其解。费希特的泛神论、毕达哥拉斯修正的灵魂轮回学说，尤其是谢林的同一哲学，常常是我们讨论的要点。这些讨论给富于想象的莫雷娜罩上了最美的光环。关于所谓的人之同一性，我认为洛克先生真正的意思是说有理性的生命的同一性。因为凭着人的存在，我们才知道一个有智力的实体具有理性，而且因为有一种总是伴随思想而存在的意识，这才使我们大家成为我们所说的“我们自己”，从而使我们区别于其他会思想的人，并赋予我们个性特征。但个体存在的原理，那种同一性在死后是否万世不易的概念，在当时的任何时候对我都是一个趣味无穷的思考题目，那不仅是因为思考的结果令人既困惑又激动，更主要的是因为莫雷娜在

1 欣嫩子谷（Hinnom）和哥赫那谷（Gehenna）均指耶路撒冷西南方同一山谷，古腓尼基人、迦南人和部分以色列人曾在此山谷用自家子女献燔祭，崇拜邪神摩洛，后被犹大国王约西亚废止（参见《旧约·利未记》第18章第21节、《列王纪下》第23章第10节、《历代志下》第28章第3节等）。

说到这个话题时在表情和举止上明显表现出来的激动不安。

但不幸的时刻终于来临，我妻子表情举止的那种神秘性终于像一道咒符压得我喘不过气来。我再也没法忍受她苍白手指的触摸，再也没法忍受她歌吟一般的低诉，再也没法忍受她眼里那种忧郁的目光。她知道这一切，但并未责怪我；她仿佛意识到了我的懦弱或愚蠢，并微笑着说那是命中注定。她似乎还意识到了一个我不知道的原因，正是那原因使我与她逐渐疏远，但她没有给我任何暗示或提醒。可她毕竟是女人，她终于日渐憔悴。她脸上常常泛起久久不散的红晕，苍白的额上突出的青筋也越来越明显。我有时也忍不住动恻隐之心，但一接触到她那意味深长的目光，我的心又感到腻烦，头又觉得眩晕，就像一个人站在悬崖边上窥视那阴风凄凄的无底深渊。

那我是否能说，当时我是迫不及待地希望莫雷娜死去呢？是的，我希望。但那纤弱的灵魂却恋恋不舍它肉体的寓所。一天又一天，一周又一周，一月又一月，直到我饱受煎熬的神经完全控制了我的意志，无休无止的折磨使我变得狂躁，我甚至刻毒地诅咒那漫长而痛苦的一天天、一月月，可她娇柔的生命就像日落之后的残霞，久久不肯散去。

但在一个秋日的黄昏，当天上的风静止之时，莫雷娜叫我去她的床边。当时整个大地笼罩着一层朦胧的薄雾，水面上映着暖融融的霞光，而且肯定有道彩虹从天空掉进了色彩斑斓的十月的森林。

“这是命中注定的一天，”当我走近床边时她对我说，“不论于生于死都只是命中注定的一天。对于大地和生命之子，这是美好的一天。啊！对于天空和死亡的女儿，这一天更为美好！”

我吻了吻她的前额，她继续说：

“我就要死去，但我将继续生存。”

“莫雷娜！”

“这些日子绝不是你能爱我的日子。但那个活着时你所嫌弃的她，在死后将被你爱慕。”

“莫雷娜！”

“我再说一遍，我就要死去。但我身体里有一个那种爱慕之情的结晶。哦，那么少！你对我的爱慕之情是多么少！我的灵魂离去之时就是这孩子降生之日。你和我的孩子，莫雷娜的孩子。不过，你未来的日子将充满忧伤，充满那种最刻骨铭心且绵绵不绝的忧伤，就像丝柏树一样四季常青。你的欢乐时光已经结束。人的一生不可能得到两次欢乐，不像帕斯图穆的蔷薇一年盛开两季。所以，你将不再去计算时日，而由于你不知桃金娘和常青藤为何物，你将在大地上裹上你的尸衣，就像麦加的那些穆斯林。”

“莫雷娜！”我高声惊问，“莫雷娜！你怎么知道这些？”但她转过身把脸埋进枕头，四肢一阵微微颤抖，然后气绝身亡，而我再没听到过她的声音。

但正如她所预言，她的孩子，她临死前生下的孩子，在她气绝之时开始了呼吸。她的孩子，一个女孩儿，来到了这个世界。这女孩的身心两方面的发育都非常奇特，活像她死去的母亲。我爱她，用一种我以前从不相信自己可能对任何人所怀有的炽热爱心。

但时过不久，这片纯情的天空变得阴暗，布满了朦胧、忧伤、恐怖的乌云。我说过这孩子身心两方面的发育都非常奇特。她身体的发育速度的确令人称奇，但可怕的是，哦，可怕的是当观察她智力发育时那些向我涌来的纷乱思绪。难道就不能是另一种情景，而只能每天从一个小女孩的想法中发现成年人的才干和成熟女人的能力？只能每天听两片稚气十足的嘴唇大讲什么经验教训？只能每天看那双沉思的圆圆眼睛闪烁出成熟的智慧和热情？我是说，当这一切对我惊骇的感官都变得彰明较著之时，当我的灵魂对此再也不能视而不见之时，当我战栗的知觉对此再也不能听而不闻之时，谁还会惊诧于那悄悄爬上我心头的既让人害怕又令人激动的疑心，或惊诧于我会回忆起死去的莫雷娜那些无稽之谈和令人毛骨悚然的理论？阅尽茫茫人世，我抓住了一个命运使我不得不爱的人；而在我与世隔绝的家中，我终日坐卧不安，提心吊胆地注视着我所爱之人的一举一动、一言一行。

随着岁月的流逝，我天天都凝视着她那张圣洁、柔和而富于表情的脸庞，天天都凝望着她那副日益成熟的身躯，天天都从她身上发现她与她母亲新的相似之处——忧郁与沉默。而很多时候，那些相似之处在她身上显得更神秘，更强烈，更明确，更使人困惑，更令人恐怖。她的微笑像她母亲，这我能忍受；但随之我就为其丝毫不差的同一性而浑身哆嗦。她的眼睛像莫雷娜，这我能忍受，但接下来它们便常常用莫雷娜那种强烈的、令人手足无措的、意味深长的目光直穿我的灵魂。从她高高额顶的轮廓，从她丝绸一般柔滑的鬈发，从她插入鬈发的苍白手指，从她说话时那种阴郁但悦耳的声调，而尤其是，哦，尤其是从挂在她嘴边的那些她死去母亲的话语之中，我发现了冥思苦想的材料，我找到了惊恐不安的原因——我看见了一具不愿死去的僵尸。

就这样一晃过了 10 年。可我的女儿在这个世界上还没有名字。“我的孩子”和“我的爱”便是父亲在感情迸发时所呼唤的名称，而她与世隔绝的生活又排除了与外界的任何交往。莫雷娜的名字已随她母亲一道死去。我从未向女儿提起过她的母亲——我实在没法提起。实际上，在我女儿来到这个世界之后的短短 10 年中，除了她所生活于其中的这个有限空间给她的印象之外，她对外面的世界一无所知。可最后，那个洗礼仪式把我萎靡不振、焦灼不安的心从我对命运的恐惧中解救了出来。站在洗礼盆前，我还在为女儿的名字迟疑。许多文雅的、漂亮的、古老的、现代的、本国的、外国的名字一下都涌到我嘴边，那么多美丽的、温柔的、巧妙的、恰当的名字。那么，到底是什么驱使我唤醒了对那个死者的记忆？是什么魔鬼蛊惑我发出了那个我一想到就会血压退潮、手脚冰凉的声音？在那个夜晚的寂静里，在教堂昏暗的圣殿中，是什么恶魔从我灵魂深处使我对着神父的耳朵轻声说出了那个名字——莫雷娜？只有魔鬼才会使我的女儿面部痉挛，脸如死灰。她一听到那个勉强能听到的名字就猛然一惊，抬起她呆滞的双眼凝望苍天，然后匍匐在教堂黑色的地板上，回答道：“我在这儿！”

那声平淡而冷静的回答清清楚楚地钻进我的耳朵，顿时如熔化的铅哒哒地蹿入我的大脑。岁月，岁月可以一去不返，但那段记忆绝不会泯灭！实际上我并非不知鲜花青藤，而是铁杉和丝柏遮蔽了我的日夜。我不再计算时日，不再观测方位，我的命运之星从天际陨落，于是整个大地一片黑暗，世人从我身旁走过，犹如来来去去的影子，而那些影子中我只看见莫雷娜。天上的风呼呼吹过，但我耳里只有一个声音，大海的波涛永远在轻声呼唤莫雷娜。但她已死去，我亲手把她送往坟墓，可我久久地、痛苦地仰天狂笑，因为我把第二个莫雷娜安放进墓窟时，我发现里面压根儿就没有第一个莫雷娜的痕迹。

丽姬娅

意志就在其中，意志万世不易。谁知晓意志之玄妙，意志之元气？因上帝不过乃一伟大意志，以其专一之特性遍及万物。凡无意志薄弱之缺陷者，既不降服于天使，也不屈服于死神。

——约瑟夫·格兰维尔

我怎么也想不起来当初我是怎样，在何时，甚至具体在什么地方与丽姬娅小姐相识的。打那之后许多年过去了，由于太多的痛苦，我的记忆力衰退。或许，我现在之所以想不起上述几点，实际上是因为我所爱之人的性格、她罕见的学识、她非凡但却娴静的美色，以及她那些低吟浅唱、拨人心弦、令人入迷的话语都曾是以那么平稳而隐秘的方式一点一滴地渗入我的心田，以至我从来就不曾察觉和知晓。但我相信，我和她的第一次见面以及后来的频繁交往都是在莱茵河畔一座古老衰微的大城市。关于她的家庭，我肯定听她谈起过。那毫无疑问可以追溯到非常久远的年代。

丽姬娅！丽姬娅！虽说我正埋头于那些比其他任何事都更能使人遗世忘俗的研究，但仅凭这三个甜蜜的字眼——丽姬娅——就能使我的眼前浮现出早已不在人世的她的身影。而此刻，当我提笔写她之时，我才突然意识到，对于这位曾是我的朋友、我的未婚妻，后来又成为我读书的伙伴，最后终于成为我钟爱的妻子的她，我居然从来就不知道其姓氏。就我的丽姬娅而言，难道这是她一个调皮的告诫？或我不该问这个问题是对我爱之深切的考验？或这仅仅是我自己的一种任性？一份往至爱至忠的神龛上奉献的浪漫？连事实本身我现在都只能模模糊糊地记起，那我全然忘却产生该事实的原委或伴随该事实的细节又有什么可奇怪的呢？而实际上，如果真有那个被叫作罗曼司的神灵，如果在崇拜偶像的埃及真有那个长有缥缈翅翼的苍白的伊什塔耳忒，如果真像人们所说是由她在主宰不吉不利的婚姻，那我的婚姻肯定是由她主宰的。

然而，对一个非常珍贵的话题，我的记忆力还没有让我失望。那就是丽姬娅的身姿容貌。她身段颀长，略显纤弱，在她弥留之时，竟至形销骨立。要描绘出她的端庄、她的安详、她的风姿，或是她轻盈袅娜的步态，那我的任何努力都将是徒劳。她来去就像一个影子。我从来就觉察不到她进入我房门关闭的书房，除非她把纤纤玉手轻轻摁在我肩上，用低低的、甜甜的嗓音说出音乐般的话语。说到她美丽的脸庞，普天下没一个少女能与之相比。那种容光焕发只有在服用鸦片后的梦幻中才能见到，一种比翱翔在德洛斯岛的女儿们[1]梦境中的幻象更圣洁神妙的空灵飘逸的幻影。然而她那张脸并不属于异教徒的经典著作错误地教导我们去崇拜的那种端正的类型。培根在论及形形色色的美时说过："绝色者之五官比例定有异处。"[2]然而，尽管我看出丽姬娅的那张脸并不符合古典规范，尽管我发现她的美堪称"绝色"并觉得那美中充满了"异点"，但我却无论如何也找不到不规范之处，觅不见我所理解的"异"。我曾端详过她高洁而苍白的额顶。那真是白璧无瑕，实际上用这个字眼来形容如此圣洁的端庄是多么地平淡！那象牙般纯净的肌肤，那宽阔而恬静的天庭，左右鬓角之上那柔和的轮廓，然后就是那头乌黑、油亮、浓密而自然卷曲的秀发，真是充分解释了荷马式形容词"风信子般的"之真正含义！我曾谛视过那线条优雅的鼻子。我只在希伯来人优雅的浮雕中看见过一种相似的完美，两者都有同样的光滑细腻

---

1 "德洛斯岛的女儿们"指希腊女神阿耳忒弥斯的一群侍女。传说阿耳忒弥斯和阿波罗一起诞生在德洛斯岛上。

2 语出《培根随笔集》第 43 篇《论美》。

的表面，有同样的几乎看不出曲线的鼻梁，有同样和谐的微鼓并表现出灵魂之自由的鼻孔。我曾细看过那张可爱的嘴。那真是天地间登峰造极的杰作，短短上唇那典雅的曲线，下唇上那丝柔和而性感的睡意，那会嬉笑的波纹，那会说话的韵律，还有当她露出清澈娴静但又最最粲然的微笑之时，那两排反射出每一道圣光的亮晶晶的皓齿。我曾凝望过那下颌的造型。在那儿我发现了希腊人才有的那种阔大而不失秀媚、庄重而不失柔和、圆润中透出超凡脱俗之气的轮廓，这种阿波罗神只让雅典人的儿子克莱奥梅尼斯[1]在梦中见过的轮廓。而当时我还窥视过丽姬娅那双又大又圆的眼睛。

说到眼睛，我们就没法从古代找到比拟了。在我心爱之人的那对眸子里，很可能就藏着培根所暗示的那个秘密。我必须相信，那双眼睛比我们这个种族一般人的眼睛大得多。它们甚至比诺尔亚德山谷[2]东方部族那种最圆的羚羊般的眼睛还圆。可是只在偶尔之间，在她最激昂兴奋的瞬息，她的这一特征才会稍稍引人

1 克莱奥梅尼斯（Cleomenes），公元 3 世纪希腊雕塑家，其代表作有仿制的《梅迪奇的维纳斯》。

2 爱尔兰女作家谢里登夫人（Frances Sheridan，1724—1766）在其小说《诺尔亚德的故事》（*The History of Nourjahad*，1767）中所描写的一个东方山谷。

注目。而在这样的时刻，她的美（也许在我炽热的想象中显得是这样）就是超越天堂或人间的无双之美，就是土耳其神话中天国玉女的绝世之美。那双眼睛的颜色是纯然的乌黑，眼睛上盖着又黑又长的睫毛。两道略显参差的眉毛也墨黑如黛。然而，我在那双眼睛里所发现的“异点”具有一种与其面部的造型、韵致与光彩都不同的性质，而这终究还得从“眼神”里去找原因。啊，多苍白的字眼！单是在它窈然无际的含义之后，我们掩饰了多少对灵性的无知。丽姬娅的眼神哟！我是怎样长时间地对它沉思冥想！我又是如何用整整一个夏夜努力去把它窥测！那眼神是什么？那比德谟克利特那口井还深的东西，那深深藏在我心爱之人瞳孔里的东西，它到底是什么？我一心想要领悟那种眼神。那双眼睛哟！那双又大又亮的非凡的眼睛哟！它们于我成了丽达的双子星座[1]，我于它们则成了虔敬的星象学家。

在许许多多心理学上令人费解的异态现象中，最令人激动的莫过于这样一种现象（我相信学校里从不提及），那就是当我们竭力要追忆某件早已遗忘的往事

1 据希腊神话传说，宙斯曾化作天鹅与丽达亲近，使其生下二蛋，一蛋孵出海伦，一蛋孵出狄俄斯库里兄弟（即卡斯托尔和波吕克斯）。后来宙斯将这对孪生兄弟变成双子星座。

之时，我们常常觉得自己马上就要想起来了，可结果却未能想起来。我在窥测丽姬娅那双眼睛时就常常是这样，每次我都觉得马上就会悟出那眼神的全部深意，觉得自己马上就会茅塞顿开。可终归未能贯通，结果最后又不甚了了！而（真奇怪，哦，奇怪得令人不可思议！）在极其普通的天地万物之中，我竟发现了许多与那种眼神的相似之处。我的意思是说，自从丽姬娅的美潜入我的灵魂并像供奉于一座神龛那样永驻我心之后，我从这个物质世界的无数存在中获得了一种情感，那种像我在窥视丽姬娅那双又大又亮的眼睛时所感觉到的情感。但我尚不能给那种情感下定义，也不能分析它，甚至没法持续对它进行仔细观察。让我再说一遍，我往往在观看一棵迅速生长的青藤之时，在凝望一只飞蛾、一只蝴蝶、一只虫蛹、一条流淌的小溪之时体验到那种情感。眺望大海之时，看见流星陨落之时我感受到那种情感。从耄耋老人的目光中我体会到那种情感。当用望远镜窥视夜空的一两颗星星之时（尤其是窥视天琴座 α 星旁那颗六等食变星时），我意识到那种情感。弦乐器的某种声音使我心里充满那种情感。书籍中的某些片刻使我胸中萦绕那种情感。在其他数不清的这类事例中，我清楚地记得约瑟夫·格兰维尔一部书中的一段话（也许仅仅是因为它离奇，这谁说得准?)从来都会激起我那种情感:“意志就在其中,意志万世不易。谁知晓意志之玄妙,意志之元气?因上帝不过乃一伟大意志,以其专一之特性遍及万物。凡无意志薄弱之缺陷者,既不降服于天使,也不屈服于死神。”

漫长的岁月以及后来对岁月的回顾,已使我真能看出在这位英国伦理学家的这段话与丽姬娅的某种性格之间有某种细微的联系。她思想、行为或言谈中的一种专一,或许就是那伟大意志之结果,或至少是一种反映,只不过在我们长期的交往之中,那种伟大的意志未能有其他更直接的显露罢了。在我所认识的所有女人中,外表始终安然恬静的丽姬娅其实是冷酷而骚动的激情之鹰最惨烈的牺牲品。对那种激情我不能做出评判,除非凭着那双在突然高兴之时大得不可思议,大得令我吃惊的眼睛,凭着她低声细语之中所包含的那种近乎于魔幻般的甜蜜、抑扬、清晰与温和,凭着她习惯性的不经之谈中那种咄咄逼人之势(这种势头与她文静的说话方式形成对照,因而更显猛烈)。

我已经提到过丽姬娅的学识,那真是广博之至。我从不知道女人有这般博学。她精通各种古典语言,而就我所通晓的欧洲各种现代语言来说,我从来没发现她错过一词一句。实际上,就任何一个她最喜欢的题目（她之所以喜欢仅仅是因为那在自夸博学的经院中被认为是最深奥的题目），我又何曾发现她出过差错？我妻子的这一特点只是在最近这段时间才那么格外令人激动地唤起了我的注意！我刚才说我从不知道女人有她那般广博的学识，可是，天底下哪儿又有男人能成功地研究包括伦理学、物理学和数学在内的所有学问？我当时并不像现在这样清楚地意识到丽姬娅的学识是如此广博，如此令人震惊；但我仍充分地意识到她对我拥有至高无上的支配权，怀着一种孩子气的信任，在我们婚后的前些年里，我一直由她领着去穿越那个我所醉心的形而上学的混沌世界。当她俯身于我身边指导我研究那些很少有人研究、世人知之甚少的学问时，我是多么踌躇满志，多么欣喜若狂，心里怀着多少憧憬和希望。我实实在在地感到那美妙的远景正在我面前慢慢展开，沿着那漫长的、灿烂的、人迹罕至的道路，我最终将获得一种因为太珍奇神圣而不能不禁绝于世人的智慧！

所以，当几年后眼见我已打好基础的前程不翼而飞，乘风而去，我心中那种悲哀当然会无以复加。没有了丽姬娅，我不过是一个在黑暗中摸索的孩子。单是她的相伴，单是她的讲解，就曾使我俩潜心研究的先验论中的许多奥秘豁然开朗。没有了她眼睛灿烂的光芒，轻灵绝妙的文字变得比铅还呆板凝重。而当时那双眼睛越来越难得照射到我所读的书页上。丽姬娅病了。那双热切的眼睛闪烁出一种太——太辉煌的光焰；那些苍白的手指呈现出透着死亡气息的颜色；哪怕最柔和的一点感情波动，那高洁额顶的缕缕青筋也会激烈地起伏。我看出她已经命在旦夕，我内心已在悄悄地与狰狞的死神抗争。而令我惊讶的是，我多情的妻子对死亡的抗争比我还激烈。她坚强的性格中有许多东西使我一直认为，死神降临于她时绝不会给她带来恐怖，可事实并非如此。她对死神的顽强抵抗和拼命挣扎之场景绝非笔墨所能描绘。眼睁睁看着那副可怜的惨状，我心里一阵阵痛苦地呻吟。我本该对她进行安慰，我本该对她晓之以理，但是，面对她那种强烈得近乎疯狂的求生欲望（生——只求生），我知道安慰和晓理无异于痴人说梦。然而，虽说她的灵魂一直在进行着最激烈顽强的挣扎，但直到她生命的最后一瞬，她举止上始终如一的平静才被动摇。她的声音变得更加柔和，更加微弱，可我不愿详述那些平静的话语所包含的疯狂的意义。当我神情恍惚地侧耳倾听她说话之时，我眩晕的大脑听到的仿佛是一种来自天外的悦耳的声音，一种世人从不曾知晓的臆想和渴望。

她爱我，这一点我从不怀疑，说不定我早就轻而易举地意识到在她这样一个女人的心中，爱也一定是一种不同寻常的爱。但只是在她弥留之际，我才完全为她的爱之深切所动。她久久地紧握着我的手，想一吐她心中对我那种比激情更强烈、比忠贞更永恒、早已升华为至尊至爱的一腔情愫。我怎么配消受这一番赐恩降福的表白？我怎么该承受我心爱之人在倾述衷情之后就要死去这一灾祸？可我实在不忍细述这个话题。让我只说一点，正是面对丽姬娅以难以想象的柔情痴恋一个，天哪！痴恋一个不值得她爱的人之事实，我才终于明白了她对即将离去的生命那么热切而疯狂地留恋的真正原因。而我所不能描述的，我所无力表达的，正是这样一种热切的企盼，正是这样一种对生命（仅仅对生命）的最强烈的渴望。

在她临死那天晚上的半夜时分，她明确地示意我坐到她身边，让我把她前几天刚写的一首诗再朗读一遍。我遵从她的吩咐朗读了那首诗：

瞧！这是个喜庆之夜
　在最近这些寂寞的年头！
一群天使，收拢翅膀，
　遮好面纱，掩住泪流，
坐在一个剧场，观看

　一出希望与恐怖之剧，
此时乐队间间断断
　奏出天外之曲。

装扮成上帝的一群小丑，
　叽叽咕咕，自言自语，
从舞台这头飞到那头——
　他们只是木偶，来来去去
全由许多无形物支配，
　无形物不断把场景变换，
从它们秃鹰的翅膀内
　拍出看不见的灾难！

那出杂剧——哦，请相信
　将不会被人遗忘！
因为那些抓不住幻想的人
　永远都在追求幻想，
因为一个永远旋转的怪圈
　最后总是转回原处，
因为情节之灵魂多是罪愆，
　充满疯狂，充满恐怖。

可看哟，就在那群小丑之中
　闯进了一个蠕动的怪物！
那可怕的怪物浑身血红
　从舞台角落里扭动而出！
它扭动——扭动！真是可怕，
　小丑都成了它的美餐，
天使们呜咽，见爬虫毒牙
　正把淋淋人血浸染。

熄灭——熄灭——熄灭灯光！
　罩住每一个哆嗦的影子，
大幕像一块裹尸布一样，
　倏然落下像暴风骤雨，
这时脸色苍白的天使，
　摘下面纱，起身，肯定
这是一幕叫《人》的悲剧，
　而主角是那征服者爬虫。

“哦，上帝！”我刚一读完诗，丽姬娅挣扎着站起身来，高高地伸出痉挛的双臂，用微弱的声音呼喊，“哦，上帝！哦，圣父！难道这些事情符合天道？难道这个征服者就不能被征服一次？难道我们在你心中毫不重要？有谁知晓意志之玄妙，意志之元气？凡无意志薄弱之缺陷者，既不降服于天使，也不屈服于死神。”

紧接着，仿佛被这阵感情耗尽了精力，她任凭两条雪白的胳臂无力地垂下，然后踅回床上，庄重地等候死神来临。在她最后的一阵叹息中，交织着几声低低的话语，我俯下身把耳朵凑到她嘴边，又清楚地听到了格兰维尔那段话中的最后一句：“凡无意志薄弱之缺陷者，既不降服于天使，也不屈服于死神。”

她死了。痛不欲生的我再也不能忍受独自一人住在莱茵河畔那座阴沉破败的城市。我并不缺少世人所谓的钱财。丽姬娅带给我的财富远比命运带给一般人的还多。所以，经过几个月令人倦乏且漫无目的的游荡之后，我在美丽的英格兰一个最荒凉僻陋、渺无人迹的地方买下了一座我不想说出其名字的修道院，并对它进行了一番维修。那座宏大建筑的幽暗阴郁、周围近乎于原始的满目凄凉、由那寺院和荒郊所联想到的说不尽的忧愁道不完的记忆，倒非常符合我当时万念俱灰的心情，正是这种万念俱灰的心情把我驱赶到了那异国他乡的荒郊旷野。不过，虽然修道院那被青藤绿苔掩映的凋零残颓的外表没有改变，但我却以一种孩子般的乖僻，或许还怀着一线忘情消愁的希望，让整个室内显示出一派帝王般的豪华靡丽。对这种铺张而荒唐的居室布置，我从小就有一种嗜好，而现在似乎是趁我悲伤得神志恍惚,那种嗜好又死灰复燃。哦，从那些光怪陆离的帷帘幔帐，从那些庄严肃穆的埃及木刻，从那些杂乱无章的壁饰和家具，从那些金丝簇绒地毯上怪诞的图案，我觉得一定能看出我当初的早期癫狂症！我早已成为被鸦片束缚的奴隶，我的日常生活都弥漫着我梦幻中的色彩。但我不能停下来细说这些荒唐之事。还是让我来谈谈那个该被永远诅咒的房间，在一阵突发的精神恍惚中，我从教堂圣坛前娶回了来自特里缅因的金发碧眼的罗维娜·特里梵依小姐，作为我的新娘，作为我难以忘怀的丽姬娅的替身。我领着她进了那个房间。

时至今日，那间新房里的摆设和装饰的每一个细节对我来说都还历历在目。新娘那高贵的双亲难道没有灵魂，因为贪恋金钱竟允许他们如此可爱的女儿、一位如此可爱的少女，跨入如此装饰的一个房间？我已经说过我精确地记得那个房间的所有细节，但我可悲地忘记了更重要的总体布局。在那种稀奇古怪的布置中，我所能记得的就是杂乱无章、毫无系统。那个房间在城堡式的修道院中一个高高的塔楼上，房间呈五角形，十分宽敞。五边形的朝南那一边以窗代墙，镶着一整块巨大的未经分割的威尼斯玻璃，玻璃被染成铅色，以至于透过窗户照在室内物件上的阳光或月光都带有一种灰蒙蒙阴森森的色泽。那扇巨窗的上部掩映着纵横交错的枝蔓，那是一棵沿塔楼外墙向上攀缘的古藤。房间的顶棚是极高而阴沉的橡木穹窿，上面精心装饰着半是哥特式半是特洛伊式的最奇妙荒诞的图案。从那阴郁的穹窿正中幽深之处，由一根长环金链垂下一个巨大的撒拉逊式金香炉，香炉的孔眼设计得十分精巧，以至于缭绕萦回的斑斓烟火看上去宛若金蛇狂舞。

一些东方式样的褥榻和金烛台放在房间的各处，还有那张床，那张新婚之床。床是低矮的印度式样，用坚硬的黑檀木精雕细镂，上方罩着一顶棺衣似的床罩。房间的五个角落各竖立着一口巨大的黑色花岗石棺椁，这些棺椁都是从正对着卢克索古城的法老墓中挖掘出来的，古老的棺盖上布满了不知年代的雕刻。可是，哦！那房间最奇妙的装饰就在于那些帷帘幔帐。房间的墙壁很高（甚至高得不成比例），从墙顶到墙脚都重重叠叠地垂着看上去沉甸甸的各式幔帐，幔帐的质地与脚下的地毯、褥榻上的罩单、床上方的华盖以及那半掩着窗户的罗纹巨幅窗帘一样，都是最贵重的金丝簇绒。簇绒上以不规则的间距点缀着一团团直径约为 1 英尺的怪异的图案，在幔帐上形成各种黑乎乎的花样。但只有从一个角度望去，那些图案才会产生真正的怪异效果。经过一番当时很流行但实际上古已有之的精巧设计，那些幔帐看上去真是变化万千。对一个刚进屋的人，它们只显出奇形怪状；但人再往里走，那种奇形怪状便慢慢消失；而当观者在房间里一步步移动，他就会看见四周出现无数诺曼底人迷信中的幽灵，或是出家人邪梦中的幻影。幔帐后面一股人为的循环不息的强风更加强了那种变化不定的魔幻效果，赋予室内的一切一种恐怖不安的生动。

就在这样的一座宅邸里，就在这样的一间新房中，我和罗维娜小姐度过了我们新婚蜜月中那些并不圣洁的日子，基本上还算过得无忧无虑。我不能不觉察到妻子怕我喜怒无常的脾性。她总躲着我，而且说不上爱我，可是这反倒令我暗暗高兴。我也以一种只有魔鬼才会有的恶意嫌弃她。我又回忆起，（哦，怀着一种多么深切的哀悼！）回忆起丽姬娅，我心爱的、端庄的、美丽的、玉殒香消的丽姬娅。我沉迷于回想她的纯洁、她的睿智、她的高贵、她的飘逸，以及她那如火如荼的至尊至爱。当时我心中那团火比她的如火如荼还猛烈。在我吸食鸦片后的梦境之中，我会一声声地呼唤她的名字，在夜晚万籁俱寂之时，或白昼在深壑幽谷之间，似乎凭着对亡妻的这种追忆缅怀、神往渴慕、朝思夜想，我就能使她重返她已舍弃的人生之路。哦，她能永远舍弃吗？

大约婚后第二个月一开始，罗维娜小姐突然病了，而且一病就是好久。使她形容憔悴的发烧弄得她夜夜不宁，而就在她昏沉恍惚之中，她向我谈起那塔楼上房间屋里和周围的声音和动静，我认为那不过是她病中的胡思乱想，不然也许就是房间本身那种光影变幻的结果。她的病情逐渐好转，最后终于痊愈。然而，只过了很短一段时间，第二场更严重的疾病又把她抛上了病榻，而她本来就孱弱的身子再也没能从这场罹病中完全康复。从那以后，她的病经常复发，而且发病的周期越来越短，这使得医生们大惑不解，所有的医疗手段均不见效。随着那显然已侵入膏肓以至于靠人力已无法祛除的痼疾之日益加重，我同时也发现她越来越容易紧张，越来越容易焦躁，常常为一些细小的动静而产生恐惧。她又开始谈起她曾提到过的幔帐间那种轻微的声音和异常的动静，而且谈得更加频繁，更加固执。

9月末的一天晚上，她对这个烦心的话题异乎寻常的强调引起了我的注意。她刚从一阵迷迷糊糊中醒来，而我刚才一直又急又怕地在留心她面部的抽搐。我坐在她那张黑檀木床旁边的一张印度式褥榻上。她半欠着身子非常认真地向我低声讲述她刚才所听见而我未能听见的声音，讲述她刚才所看见而我未能看见的情景。幔帐后风正急速吹过，我真想告诉她（让我承认，我要说的我自己也不能尽然相信）那些几乎听不见的声息和墙头轻轻变幻着的影子不过是风所造成的结果。但弥漫在她脸上的那层死一般的苍白向我表明，我想安慰她的努力将徒然无益。她眼看要昏晕过去，而塔楼上又唤不应仆人。这时我想起了医生吩咐让她喝的那瓶淡酒，于是起身穿过房间去取。但是，当我走到香炉映出的光亮中时，两件令人惊讶的事吸引了我的注意。我先是觉得一个虽说看不见却能感知的物体从我身边轻轻晃过，接着我看见在香炉彩光映亮的金丝地毯的正中央有一个影子，一个模模糊糊、隐隐约约、袅袅婷婷的影子，正如那种可能被人幻想成幽灵的影子。不过我当时正处于因无节制地服用鸦片而产生的兴奋之中，所以对耳闻目睹的异象不大在意，也没把它们告诉罗维娜。我找到酒，再次穿过房间，斟了满满一杯，然后将酒凑到罗维娜唇边。但这时她已稍稍清醒了一点，自己伸手接过了酒杯，于是我在身边的一张褥榻上坐下，两眼紧紧地盯视着她。就在这时，我清清楚楚地听到床边的地毯上响起一阵轻微的脚步声，紧接着，当罗维娜正举杯凑向嘴边之时，我看见，或说不定是我幻想自己看见，三四滴亮晶晶红艳艳的流汁，从房间空气中某个无形的泉眼中渗出，滴进了罗维娜手中的酒杯。虽说我亲眼所见，但罗维娜并未看到。她丝毫没有犹豫地喝下了那杯淡酒，而我也忍住没把所见之事告诉她，毕竟我还认为那很有可能是一种幻觉，是由罗维娜的恐惧、过量的鸦片以及那深更半夜给我造成的病态的幻觉。

然而我不能对我的知觉隐瞒这样一个事实，就在我妻子吞下那杯滴进红液的酒后，她的病情突然急剧恶化，以致到事情发生的第三天晚上，她的侍女们已开始为她准备后事，而到第四天晚上，在那个曾接纳她作为我新娘的怪异的房间里，只剩我孤零零地坐在那儿陪伴她盖着裹尸布的尸体。服用鸦片之后所产生的影影绰绰的幻象在我眼前飞来舞去。我用不安的眼光凝视屋角那些黑色大理石棺椁，凝视幔帐上那些千变万化的图案，凝视头顶上那些缭绕萦回于金香炉的斑斓烟火。最后，当我想到前几天夜里发生的事，我的目光落到了我曾看见那个暗影的被香炉彩光映亮的地毯中央。但那儿不再有那个朦影，我不由得松了一口气，随即把目光转向床上那具苍白而僵硬的尸体。蓦然之间，无数对丽姬娅的回忆又向我涌来，于是那种说不出的悲伤又像滚滚洪水涌上我的心头，而我曾经就怀着那种悲伤看着她这样被裹尸布覆盖。夜深了，我仍怀着一腔痛苦的思绪追忆着我唯一刻骨铭心地深爱的女人，而我的眼睛则一直呆呆地望着罗维娜的尸体。

大约是在夜半时分，也可能是在半夜前后，因为我当时并没去留心时间，一声呜咽，一声低低的、柔柔的，但清清楚楚的呜咽，突然把我从冥想中惊醒。我觉得呜咽声是来自那张黑檀木床，来自那张灵床。我怀着一种迷信的恐惧侧耳细听，可那个声音没再重复。我再睁大眼睛细看那尸体，可尸体也没有丝毫动静。然而我刚才不可能听错。不管那声呜咽多么轻微，我的确听到了那个声音，而且我的灵魂早已清醒。这下我开始目不转睛地盯住那具尸体。可过了好一阵仍然没看出任何能解开刚才那谜团的迹象。但最后我终于明确无误地看见在她两边脸颊上，顺着眼睑周围那些微陷的细小血管，一股微弱的、淡淡的、几乎难以察觉的红潮正在泛起。由于一种人类的语言不足以描绘的莫可名状的恐惧，我坐在那儿只觉得心跳停止，四肢僵硬。但一种责任感终于使我恢复了镇静。我不能再怀疑是我们把后事料理得过于仓促。我不再怀疑罗维娜还活着。现在需要的是马上进行抢救，但塔楼和仆人住的地方是分开的，从塔楼上没法唤来他们。要去叫仆人来帮忙，我就得离开房间好一阵，而我当时不能冒险那么做。于是我便一个人努力要唤回那缕还在飘荡的游魂。但过了一会儿，连刚才那点生气也完全消失，脸颊上和眼圈周围那点血色已荡然无存，剩下的只是一片大理石般的苍白；嘴唇变得比刚才更枯皱，萎缩成一副可怕的死相；一种滑腻腻的冰凉迅速在尸体表面蔓延，接下来便是照常的僵硬。我战栗着颓然坐回我刚才一惊而起的那张褥榻，再一次沉湎于丽姬娅那些栩栩如生的幻影。

一个小时就这样一晃而过，这时（难道真有可能？）我第二次听见从床的那方传来隐约的声音。我在极度的恐惧中屏息聆听。声音再次传来，是一声叹息。一个箭步冲到尸体跟前，我看见，我清清楚楚地看见，那两片嘴唇轻轻一动，随之微微松开，露出一排灿如明珠的牙齿。我充满于心的恐惧中又掺和进几分惊诧，一时间我觉得眼睛发花，头脑眩晕，费了好大的劲我才终于振作起来，开始履行责任感再次召唤我去履行的义务。这时那额顶上、脸颊上和咽喉上都泛起一层淡淡的红晕，一股可感知的暖流迅速传遍那整个躯体，甚至连心脏也有了轻微的搏动。罗维娜活了。

这下我更是劲头十足地埋头于这项起死回生的工作。我擦热了她的太阳穴，洗净了她的两只手，采取了每一项单凭经验而不消看医书就知道采取的措施。但我的努力终归徒然。蓦地，那红晕消逝了，搏动停止了，嘴唇又恢复了那副死相，继而整个躯体又变得冷冰冰，白森森，直挺挺，又显出枯萎的轮廓，又显出几天来作为一具死尸所具有的全部讨厌的特征。

又一次我沉溺于对丽姬娅的幻想，而又一次（一写到它就让我不寒而栗的到底是什么奇迹？），一声幽幽的呜咽又一次从黑檀木床传进我的耳朵。可我干吗非得历述那天夜里一次又一次莫可名状的恐怖？干吗非得细说在黎明到来之前那出复活的恐怖剧是如何一幕幕地重演；那一次次可怕的复活是如何不可避免地再次坠入一种更加不可改变、更加万劫不复的死亡；那一次次痛苦的死亡是如何展现出一番与某个看不见的对手的抗争；而那一次次的抗争又是如何伴随着尸体外观上那种我说不清道不明的急剧变化？还是让我赶快把故事讲完吧。

那个恐怖之夜的大部分时间已折腾过去，而早已死去的她又开始动弹，这次动弹比前几次都更富活力，尽管动弹是发自一次最可怕最无望的死亡。我早已放弃了努力，或说停止了抢救，只是一动不动地僵坐在褥榻上，听天由命地被一阵强烈的感情之旋风所俘获，在这阵旋风中，极度的恐惧也许是最不可怕最不耗神的一种感情了。我再说一遍，那尸体又在动弹，而且比前几次更有生气。生命的色彩伴着一种罕见的元气泛起在那张脸上，那僵直的四肢也完全松弛；若不是那双眼睛依然紧闭，若不是那层裹尸布依然证明那身躯就要被送进坟墓，我说不定会幻想罗维娜已经真的完全挣脱了死神的羁绊。但即便那种幻想在当时也不甚合乎情理，可当那缠着裹尸布的躯体翻身下床，像梦游者一样闭着眼睛，迈着纤弱的步子颤颤悠悠却实实在在、明明白白地走到房间中央之时，我至少不能再怀疑了。

我没有发抖，我没有动弹，因为那个躯体的身姿、风度和神采使我产生了无数难以言传的想象，这些想象猛然涌进我的脑际，一下子使我僵直冰冷得像一块石头。我一动不动，只是呆呆地凝视着那个幻影。我的思绪变得异常紊乱，一种难以抑制的疯狂的骚乱。站在我眼前的真是活生生的罗维娜吗？真是完完全全的罗维娜吗？真是那个来自特里缅因的金发碧眼的罗维娜·特里梵依小姐吗？为什么，为什么我会怀疑这点？裹尸布就沉甸甸地垂在那张嘴边，可难道它会不是罗维娜活着时的那张嘴？还有那脸腮，上面有两朵在她生命之春天里开过的红玫瑰，不错，这很有可能就是罗维娜生前的粉面桃腮。还有那下颌，伴着她健康时有过的酒窝，这些难道会不是她的？但是，难道她生病以来还在长高？是怎样一种形容不出的疯狂使我产生了那个念头？

我朝前一扑，伸手去抓她的脚！她往后一缩，躲开了我的触碰，让那层裹尸布从她头顶滑脱，溢出一头长长的、浓密的、蓬松的秀发，飘拂在房间里流动的空气中；那头秀发的颜色比夜晚的翅膀还黑！紧接着，站在我面前的身影慢慢睁开了眼睛。“那么，至少，”我失声惊呼，“至少我不会弄错，我绝不会弄错，这双圆圆的、乌黑的、目光热切的眼睛，属于我失去的爱人！属于她！属于丽姬娅！”

贝蕾妮丝

友人曾告诉我，若我能去爱人墓前，我的痛苦便可减轻。

——伊本·扎阿德[1]

痛苦有多种多样。人世间的不幸也是万象森罗。犹如那道横过辽阔天边的彩虹，其色彩也是千变万化，有时各色清晰可辨，有时又融合交织在一起。犹如那道横过辽阔天边的彩虹！我为什么从美中却生发出不爱？从安宁的承诺[2]中得到的却像是悲哀？不过，正如在伦理学中恶乃善之果，悲哀实际上产生于欢乐。不论是过去幸福的记忆变为今朝之痛苦，还是今天实实在在的痛苦起源于过去可能存在的狂喜极乐。

我的洗礼名叫埃加乌斯，我不想说出我的姓。不

1 伊本·扎阿德（Ebn Zaiat），公元3世纪的阿拉伯诗人。

2 "安宁的承诺"指彩虹。《旧约·创世记》第9章第13—17节记载，大洪水之后上帝对挪亚承诺，其方舟所载之人和所有动物不会再被洪水灭绝，并以彩虹作为这个承诺的标记。

过在我的故乡，还没有任何门楣家院比我家那灰暗阴郁、世代相传的宅邸更长久地受人尊敬。我们家族一直被人称为一个梦幻家的家族，而许多引人注目的怪事（我们家那座历史悠久的宅邸，主客厅里的那些壁画，每间卧室的那些挂毯，纹章上凸出图案的镌刻，尤其是走廊上那些古画，以及书房的摆布，而最重要的是书房里那些内容奇怪而独特的藏书）都足以证明人们的看法有根有据。

我对早年的回忆总与那间书房有关，与那些藏书有关，而关于后者，我不想多言。我母亲在那儿死去。我在那儿降生。但若说我在此之前不曾生活过，或者说我的灵魂在此之前不曾存在过，那纯属无稽之谈。你不相信这点？让我们别争论这事。我相信此说，但并不试图让别人也信服。然而，我脑子里总有一些与生俱来的记忆，一些虚无缥缈的身影，一些超凡脱俗且意味深长的目光，一些和谐悦耳但哀婉凄切的声音，一种无法排除的记忆，一种影子般的记忆，模模糊糊，朦朦胧胧，变幻莫测，飘忽不定；而只要我的理性之光还将闪耀，我就不可能摆脱那个影子。

我就降生在那个书房中。就这样从那个看似虚无但并非虚无的长夜中醒来，一下子进入了这个仙境般的地方，进入了一座想象的宫殿，进入了由禁欲思想和学问所统治的疆域。说来并不奇怪，我用惊奇而热切的眼光注视周围，我在书堆里消磨了我的童年，在沉思中耗费了我的青春；但奇怪的是当岁月流逝，人到壮年，我依旧住在我祖先传下的宅邸里。奇怪的是，一段什么样的停滞曾降临于我生命的春天？我原来最平凡的思维模式如何发生了一场彻底的逆转？人间的现实对于我就像是梦幻，而且是唯一的梦幻；梦境中的奇思异想反倒成了我生存的必需品，甚至完全成了生存本身。

* * * * *

我和贝蕾妮丝是表兄妹，我俩一同在我父亲的宅邸里长大。然而我俩却截然不同。我体弱多病，性情忧郁，她却敏捷优雅，充满活力；我终日关在书房念书，她却整天在户外山坡逍遥；我生活在自己的内心世界，整个身心都沉溺于极其紧张而痛苦的思索之中，而她却无忧无虑地度日，从不去想她生活道路上的阴影，也不管时间乌黑的翅膀在静静地飞翔。贝蕾妮丝！我呼唤她的名字——贝蕾妮丝！从灰蒙蒙的记忆废墟中，无数骚动的回忆被这声呼唤惊起！啊！她的形象又栩栩如生地展现在我眼前，一如她当年无忧无虑、快快活活的模样！哦！绚丽烂漫又绰约缥缈的美人！哦！

阿恩海姆[1]的林中精灵！哦！洌洌清泉的水中仙女！可后来，后来一切都是那么神秘而恐怖，后来是一个不应该讲述的故事。疾病，一场致命的疾病，像热风突然降临到她身上，甚至当我去看她的时候，变化之精灵已把她席卷，改变了她的头脑、她的习惯和她的性格，甚至以一种最难以捉摸、最可怕的方式，使她看上去与从前完全判若两人！唉！毁灭者来了又去了，而罹难者今在何方？我不再认识她，或者说她不再是我认识的那个贝蕾妮丝。

在由那种招致我表妹在身心两方面都产生可怕巨变的致命病魔所引起的无数并发症中，也许应该提到的是一种最使人痛苦、最难以治疗且常常使人神志昏迷的癫痫病。那种神志昏迷完全近乎于真正的死亡，而她从昏迷中清醒过来的方式往往又突然得令人震惊。就在我表妹患病期间，我自己的病（我一直被告知不应该说出该病的名称），我自己的病也越来越厉害，终于呈现出一种格外奇特的新型偏执狂的特征，病情日益加重，最后竟莫名其妙地完全把我控制。这种偏执狂，如果我必须这样称呼的话，以一种病态的激动构

1 “阿恩海姆”是司各特长篇小说《盖尔施泰因家的安妮》(*Anne of Geierstein*, 1829）中女主人公家的封地和祖宅，该小说第 10 章有段对漂亮的伯爵夫人安妮在阿恩海姆林间的描写。作者在此将贝蕾妮丝比作那位有魔法的漂亮女人。

成其被玄学术语称为凝意的心态特征。我当然不可能不知道这种心态特征，可我担心的是能否使一般读者对我那种神经质的偏狂强度有一个适当的概念，我的症状是，由于那种强烈的偏狂，我沉思冥想的精力（此处不用术语）全都被用来思索这世上最微不足道、最鸡毛蒜皮的小事。

我常常一连几个小时不知疲倦地盯住书页边上某个可有可无的图案思索，或沉迷于某本书的印刷式样，把夏日里一天最好的时光用来聚精会神地凝视斜映在挂毯上或地板上的某片奇妙的阴影，整夜整夜地痴迷于一盏灯的火苗或是一团火的余烬，整天整天地陶醉于一朵花的芬芳，毫无变化地反复念一个普通的字眼，直到那声音再也不向大脑传送任何概念，身体长时间地绝对静止不动，直到完全丧失行为意识和肉体存在的意识。这些还仅仅是由一种心力状态所诱发的最普通最不要命的偏狂行为中的寥寥数例，虽说不全然空前绝后，但肯定已超越了分析或解释的范畴。

但千万别误解我的意思。绝不能将这种由零碎琐事所激发的过分的、热切的、病态的注意混同于人类所共有的爱沉思的癖好，尤其不能与耽于幻想相提并论。它甚至不像人们会猜想的那样是什么沉思冥想的过度现象或极端状态，它从本质上与沉思和幻想有根本的不同。举例来说，当梦幻家或狂热者对一件通常微不足道的事物感兴趣之时，他们会在由此而生发出的一大堆推理和启迪中忽略那件事物本身，他们那个白日梦的结尾常常充满了华美的色彩，而当梦醒之时，他们沉思的诱因或第一原因早已烟消云散，无影无踪。而在我的病例中，首先是诱因绝对微不足道，尽管由于我病态的幻觉，它呈现出一种折射的非真实的重要性；其次是很少推理，如果有推理的话，那少有的推理也紧紧围绕诱因这个中心；接着是这种沉思冥想绝不愉快；最后就是当冥想终结之时，其诱因非但不会消失，反而会被夸张到超自然的地步，这也正是我这种疾病的主要特征。一言以蔽之,这种脑力的特殊运用，对我来讲就是我已经说过的凝意，而对白日做梦者而言，则是思辨。

我的那些书，在这个新时代看来，即使它们实际上并不足以造成神经错乱，但就它们富于想象且不合逻辑的内容来说，也会被人发现其本身就具有神经错乱的特征和性质。在那些书中，我还清楚地记得那位著名的意大利人科留斯·塞昆达斯·库里奥的论著《论上帝福地之阔》、圣奥斯丁的杰作《上帝之城》和德尔图良的《论基督肉身之复活》，最后一本书中那个似非而是的反论句（上帝之子死了，荒谬但可信；他又复活了，不可能但真实）曾使我一连几个星期殚精竭虑但终归徒然地对其进行研究。

从被微力所动摇这一点来看，我的精神似乎与托勒密·赫斐斯蒂翁所讲到的大海中的那块巉岩相似，那块巉岩在人类的攻击和风浪的震撼前都岿然不动，只在那种被叫作日光兰的花的触及下才瑟瑟颤抖。虽然在一位轻率的思想家看来，贝蕾妮丝不幸的疾病使她精神状态产生的巨变，无疑会给我刚才一直费力解说的我那种病态沉思提供许多诱因，但事实并非如此。在我清醒之时，她的不幸的确使我感到痛苦，她美丽而温柔的生命所遭受的毁损的确使我非常悲伤，我也并非没有经常地苦苦思索是什么惊人的力量在如此短的时间内造成了如此奇怪的巨变。但这些心理活动并不具有我那种疾病的特征，而是一般人在这种情况下都会有的正常思维。与我的病状特征相符的是，我错乱的神经完全沉溺于比精神变化更不重要却更令人吃惊的贝蕾妮丝的身体变化，沉溺于她身躯相貌那令人震惊的完全变形。

在她绝世无双的美最粲然夺目的日子里，我绝对没有爱过她。在我那段怪异的生命中，感情对我从来不在于心，而总是在于脑。在清晨薄薄的灰雾之中，在中午森林的树影之中，在夜晚我书房的寂静之中，她都曾从我眼前倏然闪过。我也曾留意注视过她，但并非作为现实中的贝蕾妮丝，而是作为梦中的贝蕾妮丝；不是作为尘世间一个实实在在的人，而是作为这样一个人的抽象概念；不是作为赞美之物，而是作为分析之因；不是作为爱的对象，而是作为那种虽说杂乱无章却最为深奥的沉思之主题。而后来，后来我一看见她就浑身发抖，她一走近我我就脸色发白。然而在为她憔悴的形容和孤独的处境深深悲叹之时，我想到了她长久以来一直爱着我，于是在一个不幸的时刻，我对她说起了结婚。

就在我们举行婚礼的日子临近之时，在那年冬日的一个下午（那种冬日有淡淡薄雾，异常地日丽风和，因此被叫作美丽翠鸟的看护人[1]），我像我平时想问题时一样，在我书房的里间独自而坐。可当我抬起眼睛，我看见贝蕾妮丝站在我跟前。

不知是我自己活跃的想象，还是窗外雾气的影响（抑或是室内朦胧的光线或垂落在她周围的灰色帷幔），造就了那么一个模模糊糊、飘忽不定的身影。这一点我说不清楚。她一声不吭，而我，无论如何也吭不出

1 因为朱庇特在冬季两度让天气一连暖和七天，人们一直称冬日短暂的暖和天气为美丽翠鸟的看护人。——原注（【译者按】美丽翠鸟是地中海域的一种海鸟，每年夏至前一周内做窝，其后七天在窝中孵卵，届时附近海面风平浪静。）

一声。一阵寒意冷彻我全身，一种难以忍受的焦虑感压得我喘不过气来，一种极为强烈的好奇心占据了我的灵魂；我身子往椅背一仰，老半天一动不动凝神屏息地凝视着她的身影。天哪！她的消瘦真叫人难以想象，从眼前那身影轮廓中，竟看不出一丝半点她从前身姿的形迹。我热烈的目光最后落在了她的脸上。

她高高的前额非常苍白，异常静穆。她那头曾乌黑发亮的头发现在变得焦黄而粗粝，蓬乱地披散在她的前额和深陷的双鬓。她古怪的表情中有一种压倒一切的忧郁。她的眼睛黯然无光，毫无生气，好像没有瞳孔似的。当我的目光从她无神的眼睛转向她皱缩的薄嘴唇时，我不知不觉地向后畏缩。那两片嘴唇张开，露出一个意味古怪的微笑，变形后的贝蕾妮丝的牙齿就这样慢慢展现在我眼前。哦！要是我没有看见那些牙齿该有多好！要是我看见之后就马上死去该有多好！

* * * * *

关门声使我猛然一惊，我定神一看，发现表妹已经离开书房。但是她那两排洁白如玉的牙齿却没有离开我的脑海，而且我再也无法将它们赶走。那些牙齿表面没有半点瑕玷，珐琅质上没有一丝暗影，牙边上也没有任何凹痕，就在那短短的一笑之间，那洁牙皓齿便深深地烙在了我的脑际。我现在甚至比当时看得更清楚。那些牙齿！那些牙齿！它们在这儿，在那儿，在任何地方，都无时无刻不闪现在我眼前：又长又细、洁白如玉的牙齿，被那两片刚刚开启的灰白的嘴唇显露出来的牙齿。这下我的偏狂症猛然发作，我苦苦挣扎也摆脱不了它那不可抵御的奇怪影响。我心中除了那些牙齿再无别的念头。我对那些牙齿有种疯狂的向往。我所有的兴趣和精力全都集中于对那些牙齿的沉思。它们，它们已成了我心智的眼睛唯一之所见，它们已成了我精神生活唯一之要素。我在任何亮度下都看见它们。我以任何姿势都在想着它们。我考虑它们的属性。我寻思它们的特征。我揣摩它们的构造。我琢磨它们的本质变化。当我在想象中把它们那种甚至无须嘴唇的帮助就能传情达意的能力归因于它们具有一种知觉力时，我禁不住浑身发抖。人们说玛丽·萨莱小姐[1]的每个舞步都是感情，我则深信贝蕾妮丝的每一颗牙齿都是思想。思想！啊，正是那毁掉我的愚蠢的思想！思想！哦，原来我朝思暮想的就是那思想！我当时觉得只要能拥有那些牙齿，我便能得到安宁，恢复理智。

1　玛丽·萨莱（Marie Sallé，1707—1756），法国舞蹈家。

就这样，黄昏在我的冥想中降临，接着是夜晚的到来、逗留和离去，然后是新的一天开始，然后是第二天晚上的夜雾开始集聚，可我依然一动不动地坐在我那间幽静的书房里，依然凝神专注地沉湎于我的冥思苦想之中，那些牙齿的幻影依然可怕地把我支配，它们以最生动最鲜明的形象飘舞在我房间里变幻着的光影之间。最后，一声恐怖的呼叫把我从沉思中惊醒，紧接着传来一阵喧嚷之声，其间掺杂着阵阵悲伤或痛苦的呜咽哀鸣。我从椅子中跃起，推开书房的一扇门，看见一名侍女泪流满面地站在前厅，她告诉我贝蕾妮丝已经——已经香消玉殒。她一大早就发作了癫痫病，而现在，当夜色阑珊之际，坟墓已准备好接待它的房客，有关葬礼的一切都已安排停当。

* * * * *

我发现自己坐在书房里，而且又是一人独坐。似乎我刚刚从一场乱七八糟、令人激动的梦中醒来。我知道当时是半夜，而且非常清楚贝蕾妮丝在日落时分就已经下葬。但对从傍晚到半夜这段时间里我在干什么，我却毫无印象，或者说至少没有一个明确的记忆。我只记得那段时间充满了恐怖。那种恐怖因模糊而越发令人心悸，因朦胧而越发令人胆寒。那是我生命记载中最可怕的一页，它用模糊不清、莫名其妙且恐怖的记忆写成。我试图辨读这一页，却枉费心机；然而一个女人凄厉的尖叫却像声音之精灵时时响在我的耳边。我肯定做了一件事,但是什么事呢？我高声问自己，四壁的回音应答我："是什么事呢？"

我身边的桌上亮着一盏灯，灯旁放着一个小箱。那小箱并不惹眼，我过去常常见到它，因为它是我家家庭医生的医疗箱。可它怎么在这儿？怎么在我的桌上？为什么我一看见它就发抖？这些问题无论如何也难以说清。最后我的眼睛落在摊开的一本书上，看到了一个下面用笔加了横线的句子。那是阿拉伯诗人伊本·扎阿德所写的一个古怪而简单的句子："友人曾告诉我，若我能去爱人墓前，我的痛苦便可减轻。"那为什么，当我反复体味这句话时，我的头发会倒立，我的血液会凝固？

随着一声轻轻的敲门声，一个脸色煞白的仆人踮着脚尖进了我的书房。他满脸惊恐，用一种颤抖的、沙哑的、低沉的声音跟我说话。他说了些什么？我听到一些支离破碎的话语。他说一声尖叫划破了夜的沉寂，说府上的人都集合到了一起，说他们顺着那声音的方向寻找。说到这儿他的声音开始变得清晰，令人毛骨悚然的清晰，他给我讲一座被掘开的坟墓，讲一具裹着尸衣但面容被毁损的尸体，可那尸体还在呼吸，还有心跳，还活着！

他指着我身上的衣服，我衣服上粘着泥污，凝着血迹。我说不出话，他又抬起我一只手，我手上有被人的指甲抓破的凹痕。他接着又叫我看靠在墙根的一样东西，我足足看了几分钟，那是一把铁锹。我尖叫一声跳到桌边，抓起桌上那个箱子。但我没法把它打开，箱子从我颤抖的手中滑落，重重地掉在地上，摔得粉碎。随着砰的一声，一些牙科医生用的器具滚了出来，32 粒细小、洁白、象牙般的东西混杂其间，撒落在书房的地板上。

过早埋葬

有那么一些题目非常引人入胜，但若写成正统小说却过于恐怖。所以纯粹的浪漫主义作家对这些题目应避而远之，如果他不想干犯众怒或是招人讨厌的话。只有得到确切而庄重的真相之认可，方能对这类题目加以适当的处理。譬如说，读到下列叙述时，我们总会感到毛骨悚然，总会感到最强烈的“愉悦的痛苦”，诸如对强渡别列津纳河的叙述、对里斯本大地震的叙述、对伦敦黑死病的叙述、对圣巴托罗缪大屠杀的叙述，或是对加尔各答土牢里那 123 名囚犯窒息死亡的叙述。但是，在这些叙述中，引人入胜之处正是其事实，正是其真相，正是其历史。若是作为虚构，我们就会怀着厌恶之情掩鼻而视。

我已经列出了有史记载的这几场引人注目且令人敬畏的灾难，但在这些事例中，灾难之规模给人留下的强烈印象并不亚于灾难之性质。我用不着提醒读者，从人类灾难那份长长的目录中，我可以列出许多比这些大规模灾难更充满实质性痛苦的个人祸殃。其实真正的不幸，最大的悲哀，往往是特殊的而不是普遍的。最可怕最极端的痛苦总是由个体的人经受，而不是由群体的人承担，为此让我们感谢仁慈的上帝！

毫无疑问，被活埋乃是迄今为止降于人类命运的那些痛苦至极的灾难中最可怖的一种。善思者几乎都不会否认，活埋人的事一直频频发生，屡见不鲜。那些划分生与死的界线充其量是些模糊而含混的畛域。谁能说生命就在那里终结？谁能说死亡就从那里开始？我们知道有些疾病会使患者表面上的生命机能完全终止，但准确地说这些终止只能被称为中止，只是我们尚缺乏了解的那种机械运动的暂停。一段时间之后，某种神秘莫测的因素又会使那些神奇的小齿轮和具有魔力的大飞轮重新转动。银线并没有永远地松弛，金碗并未被不可修复地打破[1]。不然，在此期间灵魂寓于何处？

但除了这必然的推论，这种由因及果的推论，除了这种推想，如此这般的原因必然导致如此这般的结

---

1 《旧约·传道书》第 12 章第 6—7 节有言："银线松，金碗碎……尘归尘，灵归灵。"

果（这些假死的病例必然时常导致过早埋葬的发生），我们还有医学上和日常经历中的直接证据来证明大量这样的活埋实际上一直在发生。如果有必要，我可以马上举出上百个有根有据的例子。一个其性质非常惊人、其细节对某些读者也许还记忆犹新的事例前不久发生在附近的巴尔的摩市，并在该市引发了一场痛苦、激烈、波及面甚广的骚动。一位受人尊敬的市民的妻子，一位很有地位的律师和国会议员的夫人，突然患了一种莫名其妙的病，此病令医生完全束手无策。她在经历了极大痛苦之后而死去，或者说被断定死去。的确没人怀疑，或者说没人有理由怀疑她实际上并没有死亡。她显示了一般死亡的全部表象特征。面部呈现出通常缩陷的轮廓。嘴唇变成了通常大理石般的苍白。眼睛失去了光泽。身上没有了体温。脉搏停止了跳动。她的身体被停放了三天，已变得完全僵硬。总之，由于被人们所认为的腐烂很快发生，她的葬礼匆匆举行。

那位女士被放进了家族的墓窟，其后三年墓窟未曾开过。三年之后，墓窟被打开欲放一口石棺。可是，天哪！多么可怕的一场震惊等待着那位丈夫，因为正是由他在开墓门。当墓门向外打开，一个白乎乎的物体嘎嘎作响地倒进他怀中。原来那是他妻子的骷髅，穿着尚未腐烂的柩衣。

一场细致的调查证明，她在被放进墓穴两天之后复活。她在棺材里的挣扎使棺材从一个壁架或木架上掉了下来，棺材摔破使她能钻出。一盏无意间遗留在墓中的盛满油的灯被发现油已干涸，但油很可能是蒸发而尽。在通入墓穴的台阶之最高一级，有一大块棺材碎片，似乎她曾用此碎片敲打铁门，力图引起墓外人的注意。而也许就在她敲打之间，她由于极度的恐惧而晕厥或死亡。在她倒下之际，她的柩衣被铁门上向内突出的部分缠住。于是她就那样挂在那里，就那样直立着腐烂干枯。

1810 年，一起活埋事件发生在法国，并由此而引出了一个甚至被人理所当然地认为比小说还离奇的真实故事。这个故事的女主人公是一位名叫维克托里娜·拉福加德的小姐，一位出身名门、极其富有且非常漂亮的年轻姑娘。在她众多的追求者中有一位巴黎的穷文人，或者说穷记者，名叫朱利安·博叙埃。他的才华与厚道引起了那位女继承人的注意，他似乎已经被她真正爱上，但她与生俱来的傲慢使她决定拒绝了他的求婚，而嫁给了显赫的银行家兼外交家勒内莱先生。可那位先生婚后对她很冷淡，甚至虐待她。她不幸地随他生活了几年之后而夭亡，至少她当时那种与死亡极其相似的状态使看见她的每一个人都认为她已死去。她被埋葬，但不是埋在墓窟，而是葬在她出生的那个村里一个普通的坟墓中。那位仍被深情怀念所折磨的记者悲痛欲绝，痴情地从巴黎去了那个村庄所在的偏远外省，心中怀着一种罗曼蒂克的意图，要把他的心上人从墓中掘出，获得一缕美丽的头发。他到达了那座坟墓。夜半时分他挖出并打开了棺材，当他正在拆散头发之时，他突然发现他的心上人睁开了眼睛。事实上那位女士是被活埋了。生命并未完全离她而去。她情人的抚弄把她从那场被误认为是死亡的昏迷中唤醒。他发疯似的把她抱回他在村里的住处。他凭着丰富的医学知识给她服用了一些很有效的补药，最后她终于完全苏醒。她认出了她的保护人。她继续和他待在一起，直到她慢慢地恢复了健康。她那颗女人的心并非铁石，这爱的最后一课足以使它软化。她把那颗心交给了博叙埃。她没再回到丈夫身边，也没让他知道她已复活，而是同情人一起逃到了美国。20年之后他俩重返法国，确信时间已经大大改变了那位女士的容貌，朋友们不可能会认出她。可他们错了，因为勒内莱先生实际上一眼就认出了她，并提出要领回妻子。她抵制这一要求。法庭确认她的抵制合理。裁决认为，鉴于多年分离这一特殊情况，勒内莱先生不仅于理而且于法都已丧失了丈夫的权利。

莱比锡的《外科杂志》是一份非常权威且极有价值的期刊（但愿有某位美国书商能组织翻译并在美国出版），该刊最近一期记载了一起我们正在谈论的这种非常不幸的事件。

一名身材高大、体格健壮的炮兵军官从一匹烈马背上被抛下，头部严重撞伤，他当场失去知觉，确诊颅骨轻微破损，但并无生命危险。开颅手术成功地完成。他被抽了血，许多常规的辅疗措施也都被采取。可渐渐地，他陷入了一种越来越令人绝望的昏迷状态，最后，他被确认为已经死亡。

当时天气暖和，他被非常草率地埋进了一个公共墓地。他下葬的那天是星期四。在随后的那个星期天，墓地和往常一样挤满了游客。中午时分，一个农民的陈述在墓地里引起了一阵骚动。农民说当他坐在那位军官的坟头时，他清楚地感觉到了地面在颤动，好像是下面有人在挣扎。开始人们对那个农民所述并不太在意。但他显而易见的惊恐，以及他执拗地坚持他所言是真，最终让人们动摇了。他们匆匆寻来铁锹，挖开坟墓。那个坟墓浅得令人觉得难为情，人们只挖了几分钟就看到了被埋葬者的头部。当时从表面上看，他的确已死。但他几乎是直着身子坐在棺材里面，由于他猛烈的挣扎，棺材盖已被部分顶起。

他立即被送进了附近的医院，医院宣布他还活着，尽管处于一种窒息状态。几个小时之后他苏醒过来，认出了他的朋友，并断断续续地讲述了他在坟墓里的痛苦。

根据他的讲述，这一点非常清楚，在他被埋进坟墓之后陷入昏迷之前的一个多小时里，他肯定一直具有生命意识。墓坑填得草率稀松，土中有许多缝隙小孔，这样便透进了必要的空气。他听到了头顶上人群的脚步声，于是便拼命挣扎想使上面的人听见。他说，似乎正是墓地里的喧哗把他从沉睡中唤醒，可他一醒来就充分意识到了他可怕的处境。

据记载，这名伤员在其情况好转，看来正在完全康复之际，却成了骗人的医学实验的牺牲品。电流疗法被采用，他在电流意外引起的一阵再度昏迷中突然死亡。

不过说到电流疗法，倒使我想起了一个众所周知、非常离奇的活埋事例，在这一事例中，电流的作用使伦敦被埋葬了两天的青年律师恢复了生气。这事发生在1831年，当时在消息所到之处都引起了极大轰动。

患者爱德华·斯特普尔顿先生明显死亡于斑疹伤寒，伴随着一种令医生感到好奇的异常症状。由于他表面上已死亡，医生向他的亲友提出验尸的要求，但被拒绝。正如这种拒绝后面常常发生的事情那样，那些医生决定悄悄地掘出尸体进行从容的解剖。他们与遍布伦敦的许多盗尸团伙中的一个达成的协议被轻而易举地履行。在那个葬礼后的第三天晚上，指定的那具尸体从一个 8 英尺深的墓坑里被挖了出来，放进了一家私人医院的解剖室。

一个长长的切口在腹部切开，尸体毫无腐烂迹象使解剖者想到了使用电流疗法。从一次接一次的通电实验中，解剖者除了通常的结果没发现任何特异之处，只是有那么一两次，尸体的抽搐比一般抽搐更显得有生命的迹象。

夜已晚，天将明。解剖者终于认为最好是马上继续进行解剖。但有一名医科学生极想试验一下他自己的一项理论，坚持要给一块胸肌通电。胸腔被草率地切开，电线被匆匆接上，这时那名病人突然以一种急促但绝非抽搐的动作从解剖台上一跃而起，走到解剖室中央，不安地环顾了几秒钟，然后，开口说话。他所说的话很难听懂，但吐出的是字句，音节很清楚。说完话，他重重地倒在了地板上。

刚开始解剖室里的人全被吓得目瞪口呆，但情况之紧急使他们很快恢复了镇静。他们发现斯特普尔顿先生还活着，尽管处于昏迷之中。经过一番抢救他苏醒过来，并且迅速地恢复了健康，回到了他的朋友之中。不过一开始并没有让他的朋友们知道他复活，直到不再担心他旧病复发。他朋友们那番又惊又喜读者可以想象。

然而这一事件最惊人的奇特之处还在于斯先生自己的陈述之中。他宣称他在任何时刻都没有完全失去知觉，他迟钝而惶惑地意识到了发生的每一件事，从医生宣布他死亡那一刻到他昏倒在那家医院地板上之时。他认出解剖室后竭尽全力说出而没人听懂的字句，原来是“我还活着”。

诸如此类的故事可以轻易地讲出许多，但我不准备再讲，因为我们实在没必要这样来证明过早埋葬之发生这一事实。当我们从这种事例中想到，我们能察觉这种事发生的机会是多么难得，我们就必须承认这种事可能在不为我们察觉的情况下频频发生。事实上，不管出于什么目的、大到什么规模，当人们占用一块墓地时，几乎无不发现有骷髅保持着各种各样令人顿生疑惧的姿势。

这种疑惧的确可怕，但更可怕的是那种厄运！可以断言，没有任何经历能像被活埋那样可怕地使灵与肉之痛苦达到极至。不堪忍受的肺的压迫，令人窒息的湿土的气味，裹尸布在身上的缠绕，狭窄的棺材紧紧的包围，那绝对之夜的深深黑暗，那犹如大海深处的寂然无声，还有那看不见却能感觉其存在的征服一切的虫豸。所有这些感觉，加之想到头顶上的空气和青草，忆及那些一旦获悉我们的厄运便会飞身前来拯救我们的好友，意识到他们绝不可能知道这种灾难，意识到我们的绝望才是那种真正的死亡。所有这些思维，如我所言，给尚在跳动的心带来一种骇人听闻和无法忍受的恐怖，而这种恐怖定会使最大胆的想象力也退避三舍。我们不知道地面上有什么能使人那样极度痛苦。我们做梦也想象不出那冥冥地狱一半的恐怖。因此所有关于这一题目的叙述都能引人入胜，不过由于人们对这一题目本身有一种神圣的敬畏，这种引人入胜就特别理所当然地依赖于我们对所讲之事的真实性之确信。而我现在所要讲的是我自己的实际感知，是我自己纯粹的亲身经历。

多年来我一直被一种怪病缠身，因无更确切的病名，医生们一致称它为强直性昏厥。尽管此症的直接原因、诱发原因乃至其真正的病理特征都还是未解之谜，但其显而易见的表面特征人们已相当熟悉。此症的发病情况尤其变化不定。有时病人只在一天或更短的时间内处于一种异常的昏迷状况。他没有知觉而且一动不动，但心跳还能被略略感知，身上仍保持着微微体温，脸颊中央尚残留淡淡血色。若把一面镜子凑到他嘴边，我们还能察觉到一种迟钝的、不匀的、游移的肺部活动。但有时这种昏迷的时间会延续几个星期，甚至几个月。这时连最细致的观察和最严密的医学测试都无法确定昏迷者的状态和我们认为的绝对死亡这两者之间有何实质性的区别。通常，昏迷者幸免于被过早埋葬仅仅是凭着他的朋友们知道他以前发作过强直性昏厥，凭着他们因此而产生的怀疑，尤其是凭着他的身体没有腐烂的迹象。幸运的是，这种疾病的发展是由轻到重。第一次发作虽然引人注目，但症状并不明确。其后的发作一次比一次明显，昏迷的时间也一次比一次更长。免于被埋葬的主要保障即在于此。那些第一次发作就意外地显示出极端症状的不幸者，几乎都不可避免地会被活着送进坟墓。

我的症状和医书里讲的没有什么特别的不同。有时，我会在没有任何明显原因的情况下渐渐陷入一种半昏厥或半昏迷状态。在这种状态中，没有痛苦，不能动弹，或严格地说不能思想，却有一种朦胧的生命意识，能模模糊糊地感到我床头那些人的存在。我会一直保持那种状态，直到发病期的那个转折点使我突然恢复全部知觉。在另一些时候，该病会猛然向我袭来，我马上感到恶心、麻木、发抖、眩晕，并一下子倒下。然后是一连几个星期的空茫、黑暗和沉寂，整个世界一片虚无。彻底的湮灭感无以复加。然而，从这后一种昏迷中，我的苏醒之缓慢却与发作之突然成正比。就像白昼降临于一个无友可投、无房可居、在漫长孤寂的冬夜漫步于街头的乞丐一样，那么缓慢，那么慵懒，那么令人愉快，灵魂之光重返于我。

除了这种昏迷的倾向，我的健康状况似乎良好。我也没能察觉到这一普通的疾病对我的健康有任何影响，除非真可以把我日常睡眠中的一个特异之处视为其并发症。从睡眠中醒来之时，我从来不能够一下子就完全神志清醒，而总是一连好几分钟陷在恍恍惚惚和茫然困惑之中，思维能力基本上停止，记忆力则完全是一片空白。

在我所有的感受之中没有肉体上的痛苦，却有一种无限的精神上的悲伤。我的想象力变得阴森恐怖。我说起"虫豸、坟墓和墓志铭"。我沉浸于死亡的幻想，而被过早埋葬的念头始终占据着我的脑海。我所面临的那种可怕的危险日夜缠绕着我。白天，沉思的痛苦令我不堪忍受；夜晚，冥想的折磨更是无以复加。当狰狞的黑暗笼罩大地，我怀着担忧的恐惧瑟瑟发抖，就像柩车上的羽饰瑟瑟颤抖。当天性再也不能支撑不眠，我总要挣扎一番才被迫入睡，因为一想到醒来时说不定我会发现自己在坟墓中，我就禁不住不寒而栗。

而当我终于进入睡眠，那也不过是一下子冲进了一个幻想的世界，在那个世界的上空，那个支配一切的阴沉的念头正张着它巨大的、漆黑的、遮天蔽日的翅膀在高高翱翔。

从无数在梦中这样压迫我的阴沉的幻象中，我只挑独一无二的一个记载于此。我想象我正陷于一次比平常更持久更深沉的强直性昏厥，突然一只冰凉的手摁在我额顶上，一个急躁而颤抖的声音轻轻响在我耳边："起来！"

我坐了起来。眼前一片漆黑。我看不见把我唤醒的那个人的身影。我既想不起我是何时陷入那场昏迷，也弄不清我当时身在何处。当我一动不动地坐着竭力想理清自己的思绪时，那只冰凉的手猛然抓住我一只手腕使劲摇晃，同时那个颤抖的声音又说道：

"起来！难道我没有叫你起来？"

"你，"我问，"你是谁？"

"在我所居之处我无名无姓，"那个声音悲哀地回答道，"我过去是人，现在是鬼。我过去冷酷，但现在慈悲。你感觉到我在发抖。我说话时牙齿在打战，然而这并不是因为夜，并不是因为这没有尽头的夜的寒冷。而是这恐怖令我难耐。你怎么能睡得安稳？这些痛苦的呼唤使我不能入睡。这些哀叹令我不堪忍受。

起来吧！随我一道进入外面的黑夜，让我为你打开那些坟墓。这难道不是一幅悲惨的景象？看吧！”

我放眼望去，那个依然抓着我手腕的看不见的身影已经打开了全人类的坟墓。每一个墓坑中都发出微弱的磷光，所以我能看到墓坑深处，看到那些悲惨而肃穆地与虫共眠的裹着柩衣的尸体。可是，天哪！真正的安息者比未眠者少百万千万。有的被葬者在无力地挣扎，到处是惨不忍睹的躁动，从数不清的墓坑深处传来一种凄惨的被葬者的柩衣发出的窸窸窣窣的声音。而对于那些看上去已经安息的尸骨，我看到有许多都在不同程度上改变了它们被埋葬时那种僵直而不自然的姿势。我正这么看着，那个声音又对我说：

“这难道不是，哦，上帝！这难道不是一番可悲可怜的景象？”

可不待我找到回答的字眼，那个身影已松开我的手腕，磷光熄灭，所有的坟墓都在猛然之间合上，从坟墓中传出一阵绝望的喧嚣，重复道：“这难道不是，哦，上帝！这难道不是一番可悲可怜的景象？”

夜里呈现出的这些幻象把它们可怕的影响延伸到了我清醒的时候。我的神经变得极度衰弱，我时时刻刻都在被恐怖折磨。我对骑马、散步或是任何要我走出家门的运动都总是犹豫再三。事实上，我不再敢单独离开那些知道我容易犯强直性昏厥的朋友，唯恐在一次常见的发作之中，我会被不明真相的人埋掉。我怀疑我最亲密的朋友们的关心和忠诚。我害怕在一次比平时更持久的昏迷中，他们会被人说服，从而认为我不能再醒来。我甚至于担心，由于我给他们添了不少麻烦，他们会非常乐意把我任何一次持久的发作视为完全摆脱我的充分理由。他们尽力消除我的疑虑，向我做出最庄重的保证，结果却是白费口舌。我逼着他们发出最神圣的誓言，无论在任何情况下，只有当我的身体腐烂到不可能继续保存的地步才可以把我埋葬。即便如此，我极度的恐惧仍听不进任何道理。在众多的措施中，我改造了我家族的墓窟，使其能够轻易地从里边打开墓门。只消轻轻地按一根伸进墓穴的长杆，那两道沉重的铁门就会很容易地打开。改造中还做了透气透光的安排，食物和水也将贮存在棺材边我伸手可及的地方。那口棺材衬垫得既暖和又松软，棺盖的设计依照了开启墓门的原理，另外加了一道弹簧，以至棺材里最轻微的动静都会使其自动开启。除此之外，从墓顶上还吊下一个大铃，按照设计，铃绳的一端将穿过棺材上的一个孔，紧紧地系在尸体的一只手上。可是，唉！与人类的命运抗衡有什么作用？即便这些设计巧妙的防范措施，也不足以避免被活埋的极度痛苦，不足以避免早已注定的痛苦之不幸！

一个重要时日来临，如同以前经常的那样，我发现自己正从完全无意识中浮入最初的那阵模模糊糊的存在意识，慢慢地（慢得就像蜗牛爬行）接近精神之白昼那灰蒙蒙的黎明。一阵迟钝的不安。一阵对隐痛漠然的忍受。没有烦恼，没有希望，没有努力。接着，在一阵长长的间歇之后，一阵耳鸣；接着，在一阵更长的间歇之后，一阵强烈的刺扎感或刺痛感；随后是一阵仿佛遥遥无期的舒适的静止，在此期间清醒感正挣扎着进入思想，接着是一阵短暂的再度无意识，然后蓦然苏醒。眼皮终于微微眨动，随之而来的是一种强烈而模糊的恐惧所引起的一阵像电击一般的震荡，这震荡使血液从太阳穴急涌到心间。然后是第一次明确的思维尝试。然后是第一次努力想回忆。然后是部分的、转瞬即逝的成功。然后记忆恢复到某种程度，以至我能认识到自己的状态。我觉得我不是在从一般的睡眠中醒来。我回忆起我陷入了强直性昏厥。最后，仿佛是被大海的波涛冲击，我战栗的灵魂被那种狰狞的危险压倒，被那个幽灵般的、挥之不去的念头压倒。

被这种幻想攫住之后，我在好几分钟内一动也没动。何以如此？我没法鼓起勇气动弹一下。我不敢做出努力去证实自己的命运，然而我心中却有一个声音悄悄对我说那是必然。绝望（不像其他不幸所唤起的那种绝望），仅仅是绝望驱使我，在久久的犹豫之后睁开了我沉重的眼皮。我睁开了眼睛。一团漆黑，漆黑一团。我知道这次发作已经结束。我知道发病期的那个转折点早已过去。我知道我已经完全恢复了视觉能力，可眼前一团漆黑，漆黑一团，只有那冥冥的永恒之夜的黑暗。

我试图尖叫。我的嘴唇和焦灼的舌头一起震动，但没有声音发自胸腔，胸口仿佛压着一座大山，肺部随着心脏急速地悸动，拼命地挣扎着想透过气来。

试图喊叫时上下颚的运动，告诉我它们被固定住了，就像通常对死者所做的那样。我还感觉到我是躺在某种坚硬的物质上，两边也是同样的物质紧紧地贴着我。到此为止，我还没有冒险动一动我的肢体，可现在我猛然举起两腕交叉平放着的双臂。手臂撞上了一块坚硬的木板，那木板伸延在我身子上方，离我的脸不超过 6 英寸高。这下我再也不能怀疑我终于躺进了一口棺材。

现在，在我无限的痛苦之中，降临了那个天使般可爱的希望，因为我想到了我那些预防措施。我扭动身体，一阵阵地努力想打开棺盖，可它纹丝不动。我摸索两只手腕想找到铃绳，可没有找到。此时希望永远地消失，一种更严峻的绝望却得意扬扬，因为我不仅发现棺材里没有我那么精心地准备的衬垫，随之我还突然感觉到强烈的湿土异味钻进鼻孔。那个结论已无法抗拒。我并不在家族的墓窟里。我是在离家之时陷入了一场昏迷，在一群陌生人当中，什么时候或者如何发生我已记不起来。而正是那些陌生人把我像狗一样埋掉，钉进一口普通的棺材，抛进，深深地，深深地，并且永远地，抛进了一个普通的无名无姓的坟墓。

当这一可怕的确信闯入我灵魂深处，我再一次拼命地大声喊叫。而这一次努力获得了成功。一声持久而疯狂的痛苦的尖叫，或者说惨叫，响彻那冥冥之夜的领域。

“喂！喂！好啦！”

一个粗鲁的声音回应道。

“到底出了什么事？”

第二个声音问。

“别嚷嚷！”

第三个声音说。

“你干吗那样号叫，就像一只山猫？”第四个声音问。随之一群看上去很粗鲁的人把我抓住，非常无礼地把我摇晃了好几分钟。他们并没有把我摇醒，因为我尖叫时本来就醒着，但他们使我完全恢复了记忆。

这个奇遇发生在弗吉尼亚州的里士满附近。我由一位朋友陪伴去那里打猎，我们顺着詹姆斯河岸朝下游走了几英里。夜晚来临，我们遇上了一场暴风雨。停泊在河边的一条给花园装肥土的单桅船成了我们唯一的躲避之处。我们充分利用了它，在船上过夜。我睡进了船上仅有的两个铺位中的一个，一条六七十吨重的单桅船上的铺位几乎用不着描写。我睡的那个铺位没有任何褥具。它最宽有 18 英寸。从铺面到头顶甲板的距离正好和它的宽度一样。我觉得当时挤进那个铺位就是件挺难的事。但我睡得很香，因为没有做梦，我醒来时那番幻觉自然是来自我当时所处的环境，来自我平时头脑中的偏见，来自我已经提到过的当我从长睡中醒来时在清醒神志尤其是恢复记忆方面的困难。摇晃我的那些人是船上的水手和前来卸船的工人。从船上的装载物我闻到泥土的气味。捆扎住上下颚的带子原来是我自己包扎在头上的一块丝绸手绢，因为没有我习惯用的睡帽。

然而，我当时经受的那番痛苦无疑和真正被埋葬的感受别无二致。它们是那么惊人地，那么令人难以置信地骇人听闻。但真是祸兮福所倚，因为过度的痛苦在我心里引起了一种必然的突变。我的灵魂恢复了健全，获得了勇气。我出国旅行。我朝气蓬勃地锻炼。

我呼吸天空自由的空气。我思考其他问题,而不是死亡。我把医书统统丢掉。我把"巴肯"[1]付之一炬。我不再读《夜思》[2],不再读对墓地浮夸的诗文,不再读吓唬人的故事,例如本篇。总之,我变成了一个新人,过着一个人的生活。自从那个难忘之夜,我永远地驱除了我那些阴森恐怖的恐惧,强直性昏厥也随着它们一道消失。也许,恐惧一直是我昏迷的原因,而并非其结果。

有那么些时候,甚至在理性清醒的眼里,我们悲惨的人类世界也会像一个地狱。可人类的想象力绝非卡拉蒂丝[3],能泰然地去探测地狱每一个洞穴。哀哉!那些数不清的阴森恐怖不可被视为纯然的想象,但就像陪着阿弗拉斯布顺奥克苏斯河航行的那些魔鬼,它们必须沉睡,不然它们会吞噬我们。必须让它们沉睡,不然我们将灭亡。[4]

---

1 指苏格兰医生威廉·巴肯(William Buckan,1729—1805)所著的《家庭医学》(*Domestic Medicine; or The Family Physician*,1769),该书在当时非常流行。

2 即英国诗人爱德华·杨格(Edward Young,1683—1765)所著长诗《哀怨,或关于生命、死亡和永生的夜思》(*Night Thoughts, of Death, Time and Immortality*,1742)。

3 卡拉蒂丝是英国小说家贝克福德(William Beckford,1760—1844)所著小说《瓦提克》(*Vathek*,1786)中的女巫,她使自己的儿子成了在地狱中永受煎熬的迷途之魂。

4 魔鬼陪阿弗拉斯布航行的故事见于美国作家华莱士(Horace Binney Wallace,1817—1852)的小说《斯坦利》(*Stanley*,1838)。

长方形箱子

几年前，我在哈迪船长那艘漂亮的邮船“独立号”上预订了舱位，准备乘该船从南卡罗来纳的查尔斯顿去纽约市。如果天气允许，邮船将于当月（6月）15日起航。14日那天，我登船去我的特等舱做一些安排。

我发现打算乘该船的旅客特别多，而女士的数量又多于平常。旅客名单上有几位熟人的名字，我欣喜地看到科尼利厄斯·怀亚特先生的名字也在其中，对这位年轻的画家我怀着一种深深的友情。他曾是我在C大学时的同学，在校期间我俩经常在一起。他具有天才们所常有的那种禀性，既愤世嫉俗、多愁善感，又热情奔放。由于兼备了这些特性，他的胸腔里跳动的是一颗最最热烈而真诚的心。

我注意到有三个特等舱的门号卡片标着他的名字。再看旅客名单，我发现他是为妻子以及自己的两个妹妹预订的船舱。特等舱足够宽敞,每舱有上下两个铺位。诚然这些铺位窄得只能睡下一个人，可我仍然不能理解为什么这种关系的四个人需要订三个特等舱。那段时期我正处于一种忧郁的心理状态，这种心态使人对寻常小事也异常好奇。现在我不无羞愧地承认，当时我对他多订一个特等舱的目的进行了各种各样无礼而荒谬的推测。虽然这事与我毫不相干，但我还是执拗地绞尽脑汁想解开这个谜。最后我终于得出一个推论,而这个推论使我惊异自己为什么没能一开始就想到这个谜底。“这当然是为仆人订的,”我自言自语道，“我真是个白痴，竟然没有早一点想到这个如此显而易见的答案！”于是我再一次细看旅客名单，可我从名单上清清楚楚地看到，并没有仆人与他们同行，尽管事实上他们本来打算带上一名,因为名单上原来写有“仆人”字样,但后来又被画掉了。“哦，一定是额外有行李,”这下我暗想到,“某种他不愿意放进货舱的东西，某种他希望放在眼皮底下的东西。啊，我明白了，大概是一幅画，就是他一直在和那个意大利犹太人尼科利洛讨价还价的那幅。”这一推论令我满意，于是我暂时打消了好奇心。

怀亚特的两个妹妹我都很熟悉，她们是一对非常聪明可爱的姑娘。他妻子同他结婚不久，因而我从未与她见过面。不过他曾经常常在我面前谈起她，而且是以他通常那种富有热情的语调。他把她形容成一个超凡绝伦的美人，既有智慧又有教养。所以我非常渴望能与她相识。

就在我登船的那一天（14 日），怀亚特一家也要登船看舱（船长这样告诉我），所以我比原计划多在船上待了一小时，希望趁机结识那位新娘，但不久就听到这样一个解释："怀亚特夫人偶染小疾，要到明天开船的时候方能上船。"

第二天终于来临，我正从旅馆去码头，这时哈迪船长碰见我并对我说，鉴于某种情况（一个笨拙却实用的辞令），他认为"独立号"得推迟一两天才能起航，待一切就绪，他会派人来通知我。我觉得这事很奇怪，因为当时正刮着强劲的南风，但由于"那个情况"无从得知，所以我尽管刨根问底地打听了一阵，最后还是只能回到旅馆，无所事事地忍受心中的焦躁。

几乎整整一个星期都没有收到我所期待的船长送来的消息。但最后消息终于传来，我立即动身上了船。船上挤满了旅客，一切都处在起航前的忙乱之中。怀亚特一家比我晚 10 分钟到达。登上船的正是那两姊妹、新娘和画家本人，后者当时正处于他习惯性发作的愤世嫉俗的抑郁之中。不过我对他的脾性早习以为常，所以并不特别在意。他甚至没向我介绍他妻子，这一礼节被迫由他聪明可爱的妹妹玛丽安来完成，她三言两语匆匆为我和那位新娘做了番介绍。

怀亚特夫人严严实实地蒙着面纱，而当她撩起面纱向我还礼之时，我承认我当时是万分诧异。不过我本来应该更加吃惊，但长期的经验早已告诉我，当我那位画家朋友纵情谈论女人的美丽可爱时，不能过分地盲目相信他那种热情奔放的描述。我很清楚，当美成为谈论的话题时，他是多么容易翱翔于那种纯粹的理想境界。

事实上，我不得不认为怀亚特夫人无疑是一个其貌不扬的女人。如果不说她长得绝对丑陋，我认为离难看也相差无几。然而她的衣着颇有优雅的情趣，因此我确信，她能迷住我朋友的心，凭的是她更永恒的智慧和心灵之美。她只同我略为寒暄了几句就马上随怀亚特先生进了船舱。

我先前那份好奇心又死灰复燃。没有仆人随行，这已经不言而喻。于是我期待那件额外的行李。稍过了一会儿，一辆马车抵达码头，运来了一口长方形箱子，它看上去似乎正是我所期待东西。箱子刚一上船我们就扬帆起航，不一会儿就平安地驶过港口的沙洲，离岸驶向宽阔的海面。

正如我刚才所说，那个箱子是长方形的。它大约有6英尺长，2.5英尺宽。我观察得很仔细，尺寸似乎恰好如此。这种形状非常独特，我一看见它就暗暗为自己推测之准确而得意。读者应该记得我已得出的那个推论，我那位艺术家朋友这件额外的行李应该是画，或至少说是一幅画。因为我知道好几个星期以来，他一直在同尼科利洛协商，而现在从箱子的形状可以看出，它装的不可能是别的什么东西，而只能是达·芬奇《最后的晚餐》的一件复制品。我早就知道，一件由小鲁比尼在佛罗伦萨绘制的《最后的晚餐》的复制品暂时被尼科利洛所收藏。所以，我认为我心中的疑点已得到充分的解释。一想到我的精明我就禁不住暗自发笑。这是我第一次知晓怀亚特对我保守他艺术方面的秘密，但他这次明显是想瞒着我，想在我鼻子底下把一幅名画偷运到纽约，而且希望我对此事一无所知。我决定迟早得好好地嘲弄他一下。

但有件事令我大为不快。那箱子没有被放入多余的那个客舱。它被抬进怀亚特住的船舱并被放在了那里，几乎占据了船舱的全部地面，这无疑会使画家和他的妻子感到极不舒服，尤其是用来在箱盖上写字的沥青或油漆散发出一种强烈、难闻、我甚至觉得异常讨厌的气味。箱盖上用大写字母潦草地写着“纽约州奥尔巴尼市阿德莱德·柯蒂斯夫人。科尼利厄斯·怀亚特先生托运。此面向上。小心搬运”。

一开始我只意识到那个阿德莱德·柯蒂斯夫人是画家妻子的母亲，但随后我就把那姓名和地址统统视为一种特意要迷惑我的故弄玄虚。我当然能肯定，那口箱子和里面装的东西都绝对不会比我这位愤世嫉俗的朋友在纽约钱伯斯大道的那间画室再往北多走一步。

开始三四天天气很好，不过完全是顶头风，因为我们刚离岸不久风向骤然由南转北。好天气使船上的旅客兴致勃勃，大家都乐于交往，但怀亚特和他的两个妹妹却是例外，他们行为拘谨，而且我禁不住认为他们对其他人都显得无礼。怀亚特的行为我并不很在乎。他情绪低落，甚至比平常还抑郁，事实上他一直愁眉不展，不过我早已习惯他喜怒无常的怪癖。但对他两个妹妹的行为我却无从解释。在航行的大部分时间她俩都把自己关在船舱内，虽然我多次相劝，可她俩断然拒绝与船上其他任何人接触。

怀亚特夫人倒是非常容易相处。这就是说她喜欢聊天，而爱聊天在船上则是最好的介绍信。她很快就与船上的大部分女士打得火热，而且令我震惊的是，她还非常露骨地向男人卖弄风情。她把我们大家逗得乐不可支。我说“逗”，是因为连我自己都几乎不知道该怎样来形容。实际情况是，我很快就发现怀亚特夫人更多的是被人嘲笑而不是与人共笑。先生们很少谈起她，但女士们不久就宣布她是“一个相貌平平、毫无教养、俗不可耐，但心肠好的女人”。令人大惑不解的是怀亚特怎么会陷入这样一场婚姻。财富是一般的解释，但我知道这压根儿不是答案，因为怀亚特曾告诉过我，她既没有带给他一美元，也没有继承任何遗产的希望。他说他“结婚是为了爱情,仅仅是为了爱情，而他的新娘非常值得他爱”。我承认，一想到我朋友的这些表白我就感到说不出的困惑。难道他当时正在发疯？除此我还能怎样认为？他是那么高雅，那么明智，那么讲究，对瑕疵有那么一种精微的直感，对美有那么一种敏锐的鉴赏能力！当然，那位女士显得对他特别多情，尤其是当他不在场的时候，这时她会十分可笑地左一句她“亲爱的丈夫怀亚特先生”怎样怎样说，右一句她“亲爱的丈夫怀亚特先生”如何如何讲。“丈夫”这个字眼似乎总是（用她自己精妙的话来说）“挂在她的舌尖”。与此同时，全船旅客都注意到，她亲爱的丈夫以一种最明显不过的方式在躲避她。他大部分时间都把自己一个人关在舱里，事实上可以说他完全是一个人住着那个特等舱，任凭他妻子在大舱的公共场合随心所欲地按她认为最合适的方式消遣。

我从我的所见所闻得出结论，由于命运莫名其妙的捉弄，或者是因为一阵突发的奇思狂想，致使这位画家娶了一个完全配不上他的女人，因而很快就自然而然地对她彻底生厌。我打心眼里觉得他可怜，但由于上述原因，我不能原谅他在《最后的晚餐》这件事上对我保持沉默。因此我决定对他施行报复。

一天他来到甲板上，我照从前的习惯挽着他一条胳膊，和他一道在甲板上来回散步。然而他心中的忧郁丝毫未减（我认为在那种情况下这非常自然）。他很少说话，即便开口也依然闷闷不乐而且非常勉强。我谨慎地说了一两句笑话，他也试图挤出一丝微笑。可怜的家伙！当我想到他妻子，我真想知道他是否有心思强颜欢笑。最后我壮着胆子开始了致命一击。我决定针对那个长方形箱子来一番含沙射影或巧妙暗示，恰到好处地让他慢慢察觉我压根儿不是他那个小小的滑稽把戏的笑柄，或者说不是他的受骗人。我的第一番话就像是一座隐蔽的炮台突然开火。我说起了“那口箱子奇特的形状”。在我说话之间，我狡黠地冲他笑了一笑，会意地朝他眨了眨眼，还用食指轻轻戳了戳他的肋骨。

对这个没有恶意的玩笑，怀亚特的反应使我一下就确信他是疯了。一开始他只是呆呆地盯住我，仿佛不理解我那番话的言外之意，但随着我话中的弦外之音渐渐深入他的心窍，他的眼睛似乎也慢慢地从眼窝突出。接着他的脸变得通红，随之又变得煞白，然后好像是被我的冷嘲热讽所逗乐，他突然开始大声狂笑。使我惊讶的是，他竟然越来越厉害地狂笑了 10 分钟或者更久。最后他重重地跌倒在甲板上。当我冲过去扶他时，他看上去好像死人一般。

我叫来人帮忙，大家费了好一番劲才终于使他苏醒。他醒来后就一直语无伦次地说胡话。最后我们给他放了血[1]让他安睡。第二天早上他便完全恢复，不过仅仅是就他的身体而言。至于他的精神，我当然什么也不必说。依从船长的劝告，我在其后的航行中一直避免和他见面，船长似乎同我的看法一致，认为我朋友精神错乱，但他告诫我别把这事告诉其他任何人。

怀亚特发病后又发生了几件事，这些事促使我本来已具有的好奇心变得越发强烈。在这些事中最突出的是下面一件事：我因喝了太酽的绿茶而神经过敏，夜里睡不安稳，事实上可以说有两天晚上我整夜未能入眠。我的特等舱与船上其他单身男子的舱位一样通连大舱，或者说餐厅。怀亚特那三个舱房是在后舱，

1　旧时“放血疗法”在中西方都很流行。

由一道夜里也不上锁的轻便滑门与大舱相隔。由于我们几乎一直逆风航行，而且风势并不强劲，所以船朝下风斜得很厉害。而每当右舷朝下风，那道滑门便自动滑开，也没有人自找麻烦起床去把它关上。可我的铺位在这样一个位置，当我的舱门和那道滑门都同时开着时（由于天热，我的舱门总是开着），我能清清楚楚地看到后舱，而且正好是怀亚特先生那几个舱房坐落的位置。这样，我辗转不眠的那两个夜里（并非连续两夜），我每晚 11 点左右都清楚地看见怀亚特夫人小心翼翼地从怀亚特先生的舱房溜进多余的那个船舱，并在那里一直待到黎明时分，然后由她的丈夫把她唤回。他们实际上是在分居，这显而易见。他们早已分开居住，无疑正在考虑永远解除婚约，而我认为，这就是多订一个船舱的奥秘。

另外还有一件事也使我极感兴趣。就在上述那两个我夜不成眠的晚上，紧接着怀亚特夫人溜进那个多余的特等舱之后，我马上就被她丈夫舱内某种奇异、谨慎而低沉的声音所吸引。聚精会神地聆听了一段时间，我终于明白了是怎么回事。那是画家用凿刀和木槌撬开那个长方形箱子所发出的声音，木槌的前部显然被包上了某种毛织品或棉织物，以便声音变得低沉。

即便这样，我相信我仍能准确地听出他何时打开箱盖，也能听出他何时把盖子完全移开，还能听出他何时把它放上舱内的下铺，譬如说我知道这后一点就是凭着他极力将箱盖放下时箱盖与木床相触那一点轻微的声音，舱内地板上没有放箱盖的足够空间。两天晚上都一样，箱盖移开之后就是一片死寂，直到快天亮我都听不见什么响动，除非可以允许我提到一种抑制得几乎听不见的呜咽或哀诉声，假如这种声音真的不是我凭空想象的话。我说那声音像是呜咽或哀诉，但它哪种声音都不可能是，这自不待言。我宁可认为它只是我的耳鸣。毫无疑问，那仅仅是怀亚特先生出于习惯，在纵容他的一种嗜好，沉浸于他艺术激情的一阵冲动之中。他打开那口箱子是为了解解眼馋，想看看里边那件绘画珍品。然而做这件事没有任何理由使他呜咽。所以我再说一遍，那呜咽声肯定只是我的一种幻觉，是好心的哈迪船长送我的绿茶所引起的幻觉。在我所说的那两个晚上快天亮之前，我都清楚地听见怀亚特把盖子重新放上木箱，并用那把包着软物的木槌把钉子钉回原处。做完这事之后，他便衣冠整齐地走出舱门去唤回怀亚特夫人。

我们在海上已航行了七天，此刻正在哈特勒斯角之外的海面上，这时突然刮起了一阵猛烈的西南风。但我们对这场风多少有所准备，因为天气显现其征兆已有多时。甲板上所有的东西该收好的都收好，该入舱的都入舱，该拉上桅杆的都拉上桅杆。随着风力的逐渐加强，我们最后只好加倍卷缩起后樯纵帆和前樯中桅帆，这时候船已不能前进。

我们在这种情况下平安地漂泊了48小时。“独立号”在许多方面都证明是一艘好船，一直没有任何大浪打上甲板。但在那48小时之后，疾风加强而成为飓风，我们的后帆被扯成了破布条，这下船被抛进深深的波谷，一连几个巨大的浪头从甲板上冲过。这一变故使我们失去了三个人，连同舱面厨房和差不多整个左舷壁。我们刚刚回过神来，就趁前帆未被撕成碎片之前拉起了一张支索帆，这一措施在几个小时内还算奏效，风浪中的船比刚才平稳多了。

但暴风依然吹个不停，我们看不到任何风势减弱的迹象。索具看上去难以承受，全都绷紧到了最大限度。在风暴持续的第三天下午5点左右，后桅在船迎着风头的一次剧烈倾斜中折断落水。由于船颠簸得厉害，我们花了一个多小时也未能使船摆脱倾斜，而当我们还在努力之时，船上的木匠从船尾跑来告知，舱底积水已达4英尺。更糟的是我们发现抽水机全都熄了火，而且几乎不能修复。

这时一切都陷入了混乱与绝望之中。但大伙儿仍进行了一番减轻船体的努力，尽可能地抛掉了船上装载的货物,并砍掉了剩下的两根桅杆。这一切终于完成，可我们仍然没法修好那些水泵，而与此同时，舱底漏水越积越深。

日落时分，暴风明显不再那么猛烈，而由于海面上的波涛随着风势的减弱而减弱，我们仍然怀有乘救生艇逃生的一线希望。晚上 8 点，上风头天际的云层突然裂开，我们看到了一轮满月，这一好运极大地振奋了我们颓丧的精神。

经过一番难以置信的努力，我们终于成功地把邮船上那条大救生艇顺利放入水中，这条救生艇挤上了“独立号”的全体船员和大部分旅客。他们立即驶离大船，在经历了许多苦难之后，终于在“独立号”沉没后的第三天平安抵达了奥克拉科克海湾。

另外 14 名旅客和船长当时还留在船上，决定把自己的命运托付给船尾的那条小救生艇。我们毫不费力就把小艇放进水中。它落水时居然没有倾覆，这真是一个奇迹。小艇上载的是船长夫妇、怀亚特一家、一位墨西哥官员和他的妻子以及四个孩子，此外就是我和一名黑人仆从。

当然，除了必不可少的几件器具、一些给养和穿在身上的衣服外，小艇已没有装其他任何东西的余地。

事实上也没人想要带上更多的东西。可是当小艇离开大船已有几英寻之时，怀亚特先生突然从艇尾座上站起身来，厚颜无耻地要求哈迪船长把小艇退回去取他那口长方形箱子，当时大家的惊讶可想而知！

“坐下，怀亚特先生，”船长的回答有几分严厉，“你要不静静地坐好会把船弄翻的。我们的舷边都快要进水了。”

“箱子！”怀亚特仍然站着大声嚷道，“我说那个箱子！哈迪船长，你不能，你不会拒绝我的。它很轻。它不重。一点儿也不重。看在你母亲的分上，看在仁爱的上帝分上，看在你救助之心的分上，我求你让我回去取那个箱子！”

船长一时间似乎被画家真诚的哀求所打动，但他很快就恢复了镇静，依然严厉地说道：

“怀亚特先生，你疯了。我不能答应你的请求。坐下，我叫你坐下，不然你会把船弄翻的。挡住他。抓住他！快抓住他！他要跳船！瞧，我早知会如此。他跳下去了！”

就在船长说话之际，怀亚特先生事实上已经跳出了小艇，由于我们当时正位于沉船的下风处，他凭着超人的努力成功地抓住了一根从前锚链上垂下的绳子。转眼之间他已经上了沉船，疯狂地冲进了船舱。

此时小艇已被吹到沉船船尾，完全离开了它的背风面，开始任凭依然汹涌的海浪的摆布。我们曾努力想靠拢沉船，但我们的小艇犹如暴风中的一片羽毛。我们一眼就看出那个不幸的画家已难逃厄运。

当小艇与沉船之间的距离急速拉大之时，我们看见那个疯子（因为我们只能这么看他）出现在升降口，凭着一股显然是巨大的力量，他把那个长方形箱子拉了出来。就在我们目瞪口呆地凝望之际，他用一根粗绳在箱子上绕了几圈，接着把那根绳子缠绕在自己身上。转眼工夫他连人带箱子都已在海里，随之便非常突然并且永远地从海面上消失了。

我们悲哀地停止摇桨，任船逗留了一会儿，大家都呆呆地盯住他沉没的地方。然后我们摇桨离去。整整一个小时谁也没有说话。最终由我小心地打破了沉默。

“你注意到了吗，船长，他连人带箱沉得多快？这难道不是件奇怪的事？我得承认，当我看见他把自己和那个箱子捆在一起投身大海时，我心里还产生过一丝他终能获救的希望。”

“他和箱子当然会沉下去，”船长回答道，“而且沉得和铅球一样快。然而，不久之后就会浮上来，但得等到盐化完之后。”

“盐！”我失声重复。

“嘘！”船长止住我，指了指死者的妻子和两个妹妹，“这些事待适当的时候我们再谈。”

我们吃尽了千辛万苦，经历了九死一生，不过命运对我们也像对大救生艇上的伙伴一样照顾。在危难中漂泊四天之后，我们终于死里逃生，登上了罗阿诺克岛对面的海滩。我们在那儿逗留了一个星期，没有受到营救者的虐待，最后搭上了一艘去纽约的船。

大约在“独立号”失事一个月之后，我在百老汇偶然遇上了哈迪船长。我们自然而然地谈起了那场灾难，尤其谈到了可怜的怀亚特悲惨的命运。于是我知道了以下详情。

原来画家为他和他妻子、他的两个妹妹和一名仆人订了舱位。他的妻子正如他所描述的一样，的确是一位美丽可爱又极富教养的女人。6 月 14 日（我登船看舱的那天）早上，那漂亮女人突然犯病死去。年轻的丈夫悲痛欲绝，但情况又绝对不允许他延期去纽约。他必须把他爱妻的尸体送交她的母亲，可另一方面，他深知世俗的偏见将会阻止他公开运尸。百分之九十的旅客宁可不乘那条船也不愿和一具尸体待在一艘船上。

进退两难之际，哈迪船长为尸体做出了安排，他建议将尸体做局部防腐处理，然后再和大量的盐一道装入一个尺寸相宜的木箱，这样便可以作为货物搬上船。那位女士的夭亡一点风声也没走漏，而怀亚特先生为妻子预订有舱位的事已为人所知，所以必须得有人装扮成他妻子在旅途中露面。他亡妻的女仆很容易就被说服担当此任。在其女主人未亡之前为这个姑娘订的那个特等舱仍然保留。当然，这个假扮的妻子每天晚上都睡在那个舱里。而在白天她则尽其所能扮演她女主人的角色。此前船长早已仔细核定，船上的旅客都不认识怀亚特夫人。

当然，我自己的错误就在于我过分轻率，过分好奇，过于感情冲动。可近来，我夜里很少能睡得安稳。尽管我想避开，但总有一副面容出现在我的眼前，总有一种歇斯底里的笑声回响在我的耳边。

椭圆形画像

为了不让身负重伤的我在露天过夜，我的随从佩德罗贸然闯入了那座城堡，那是自古以来就矗立在亚平宁半岛群山间的城堡中的一座，堂皇而森然，丝毫不亚于拉德克利夫夫人[1]想象中的那些城堡。城堡主人显然是不久前才临时外出。我们主仆二人在一套最小而且装饰也最不豪华的房间里安顿下来。这套房间位于城堡内一座偏僻的塔楼。房间里装饰品不少，但都破烂陈旧。室内墙上挂着壁毯，装饰着许多绘有不同纹章的战利品，此外还有许多镶在图案精美的金色画框里的现代绘画。这些绘画不仅挂在主要的几面墙上，而且也挂在由于城堡的奇特建筑式样而必然形成的许多墙隅凹角。也许是我初发的谵妄使我对那些画产生

---

1 拉德克利夫夫人（Ann Radcliffe，1764—1823），英国作家，擅长写哥特式神秘小说，常以欧洲山区的城堡寺院作为故事背景。

了浓厚的兴趣，所以我让佩德罗关闭了那个房间阴暗的百叶窗（因为当时天色已晚），点燃了我床头高架烛台上的所有蜡烛，并完全拉开了卧床四周加有缘饰的黑色天鹅绒帷幔。我希望安排好这一切，这样即使我不能入睡，至少也可以交替着看看墙上那些绘画，再读读在枕边找到的一本评介这些画的小册子。

我久久地读那本小书，专心地看那些绘画。几个小时在愉悦中飞驰而去，不知不觉就到了半夜时分。烛台的位置不合我心意，我不愿唤醒正酣睡的随从，便自己费力地伸手把烛台挪动了一下，好让更多的烛光照在书上。

但这一挪动产生了一种完全没料到的效果。许多蜡烛的光线（因为蜡烛很多）这下射进了一个刚才一直被一根床柱的阴影遮暗的壁龛。于是我在明亮的烛光中看见了一幅先前完全没注意到的画。那是一位刚成熟为女人的年轻姑娘的肖像。我对那幅肖像只匆匆瞥了一眼就紧紧闭上了眼睛。我为何如此，一开始连我自己也不明白。但就在我双目紧闭之时，我找到了为何闭眼的原因。那是一种下意识的冲动行为，为的是能有思索的时间，从而去弄清我的视觉没有骗我，去平息我的想象力以便更冷静更确切地观看。没过一会儿我的目光又重新凝视在那幅画上。

我不能也不会怀疑这下我完全看清了，因为最初照上画布的烛光似乎已经驱散了刚才悄悄笼罩着我意识的梦一般的恍惚，并一下子把我完全惊醒。

我已经说过，那幅肖像画的是一位年轻姑娘。画面上只有头部和胸部，是以那种术语称之为“半身晕映像”的画法完成，颇具萨利[1]擅长的头像画之风格。画面上的双臂、胸部乃至灿灿发梢都令人不易察觉地融入构成整幅画背景的朦胧但深沉的阴暗部分。画框是椭圆形的，华丽地镀了一层金，以摩尔人的风格装饰得极其精致。作为一件艺术品，其最令人叹为观止的还是肖像本身。但刚才那么突然又那么强烈地打动我的，既不可能是作品精湛的画技，也不可能是画中人不朽的美貌。而最不可能的是，我那已从半睡眠状态中醒来的想象力会把画中的头像当作活着的姑娘。可我马上就明白，那构图、画法以及画框的特点当时很可能一下子就已经否定了我这种看法，并且不容我再抱有一丝一毫的怀疑。也许有整整一个小时，我一直半坐半倚在床头，两眼目不转睛地凝视着那幅肖像，心里认认真真地思量着那些特点。最后在弄清了那种效果的真正奥秘之后，我才心满意足地躺进了被窝。我已经在一种绝对栩栩如生的表情中发现了那幅画一

1 萨利（Thomas Sully，1783—1872），美国画家，擅长画优雅的女性肖像。

开始让我吃惊、最后又使我困惑、把我征服、令我丧胆的魔力所在。怀着深深的敬畏之情，我把烛台挪回了原处。当那使我极度不安的原因又被遮离我的视线之后，我开始急切地查阅那本评述这些绘画及其由来的小书。翻到介绍这幅椭圆形画像的部分，我读到了下面这段含糊而离奇的文字：

她是位其美貌世上罕见的姑娘，而她的欢快活泼比她的美貌还罕见。当她与画家一见钟情并成为他的新娘，不幸的时刻也随之降临。那位画家感情炽烈，工作勤奋，不苟言笑，并早已在他的艺术中拥有了一位新娘。她，一位其美貌世上罕见的姑娘，她的欢快活泼比她的美貌还罕见。她的微笑是那么粲然。她嬉戏作乐就像只小鹿。她热爱一切，珍惜一切，只憎恨那成了她情敌的艺术，只害怕那些夺去她爱人笑脸的调色板、画笔和其他画具。甚至当听到画家说他想替自己的新娘画像，姑娘也觉得那是一件非常可怕的事。但她是一位婉约柔顺的新娘，她非常温顺地在这又暗又高的塔楼房间里一连坐了好几个星期，房间里只有从头顶上方照射到灰白画布上的一点光亮。但那位画家以自己的工作为荣耀，每天每夜每时每刻都沉湎于绘画。他本是个感情炽烈、倜傥不羁、喜怒无常的人，现在又完全陷入自己的冥想之中，以至于他未能察觉那孤楼上如此惨淡的光线正在摧残他新娘的身心健康，而除了他谁都能看出新娘越来越憔悴。但她依然微笑，依然静静地坐着，没有半句抱怨的话，因为她看见那位画家（他很出名）在他的工作中获得了极大的乐趣，怀着燃烧的激情夜以继日地画着那么爱他的她，然而她精神日渐萎靡，身体日渐衰弱。事实上，一些前来看画的人都悄声说这肖像画得酷肖，说这是一个非凡的奇迹，说这不仅证明了画家深厚的功力，而且证明了他对画中人深深的爱恋。但最后当这项工作即将完成之时，其他人不再被允许上那座塔楼，因为那画家的工作热情已近乎于疯狂，他的目光很少从画布上移开，哪怕是看上一眼他妻子的容颜。他竟然没有察觉他涂抹在画布上的那些色彩就来自坐在他身边的妻子脸上。好几个星期已经过去,整幅画眼看就要大功告成，只剩下嘴唇欠一笔修饰，眼睛的色彩尚未点缀，这时姑娘的精神又变得神采奕奕，犹如火苗在烛孔里的最后闪烁。于是最后一笔修饰了，眼睛的色彩也点上了。那画家神魂颠倒地在自己亲手画成的肖像前待了一阵，但紧接着，就在他继续凝视之时，他开始浑身发抖，继而脸色苍白，目瞪口呆，最后大声惊呼:“这就是生命！”可当他蓦然回首看他心爱的人时，她已经死去。

幽　会

在那儿等我！我不会失约，

我会在那空谷幽地与你相会。

——奇切斯特主教亨利·金《在亡妻的葬礼上》

不幸而神秘的人哟！被你自己想象的光彩所迷惑，坠入了你自己青春的火焰之中！我又一次在幻想中看见你！你再一次浮现在我眼前！哦，不是像你现在这样（在清冷的山谷和阴暗之中，而是像你应该的那样）挥霍一种用庄严的沉思构成的生活，在那座用模糊的梦境镶嵌的城市，你自己的威尼斯。那是个福星高照的海上乐园，帕拉迪奥式宫殿那些宽阔的窗户，带着一种深奥而苦涩的意味,俯视着静静的水的秘密。是的！我再说一遍，像你应该的那样。当然，除了这个世界还有其他世界，除了一般人的思想还有其他思想，除了大智者的沉思还有其他沉思。那么，谁会对你的行为表示异议？谁会责备你耽于幻想，或把那些沉思冥想斥为浪费生命，而那只不过是你无穷无尽的精力的多余？

正是在威尼斯，就在那座被称为叹息桥的廊桥下面，我第三次或者是第四次碰见我此刻所讲的这个人。现在回想当时碰面的情景，我的记忆已有点混淆。但是我记得。哦！我怎能忘记？那深沉的午夜，那叹息之桥，那女人的美丽，和那位出没于狭窄运河的浪漫天才。

那是一个非常阴沉的夜晚。广场的大钟已报过意大利夜晚的第五个时辰。钟楼广场已空空荡荡，一片岑寂，那座古老的公爵府的灯光也正在熄灭。当时我正经大运河从皮亚泽塔美术馆回家。但当我那条平底船驶到圣马尔科运河口对面之时，一个女人的声音突然从那条河的幽深处传出，划破了夜的沉静。那是一声疯狂的、歇斯底里的、长长的尖叫。惊于这声尖叫，我猛然从船上站起，而船夫却让那柄单桨从他手中滑脱，掉进黑暗之中没法找回，结果我们只能顺从那股大运河流向那条小水道的潮流。我们的船像一只巨大的黑色秃鹰，慢慢地漂向叹息桥，这时从两岸窗口闪出无数支火把，照向公爵府前的台阶，骤然把沉沉黑夜照得如同白昼。

原来是一个孩子从他母亲的手臂中滑出，从那座高耸的建筑楼上的一个窗口掉进了幽深的运河。静静的水已经平静地接受了这份献祭。尽管附近河面上只有我这条小船，但许多勇敢者早已跳进水中，徒然地在水面上搜寻那显然只能在水下才能找到的宝贝。在那座府邸门前宽阔的黑色大理石台阶上，在离水面只有几级台阶之遥的地方，站着一个叫人看上一眼就永远也忘不掉的女人。她就是侯爵夫人阿芙罗狄蒂，全威尼斯赞美的偶像，娇艳中之娇艳，美丽中之美丽，但也是那位年迈而阴险的门托尼侯爵的年轻妻子，那位此刻正在深水之下的可爱孩子的母亲。那是她第一个也是唯一的一个孩子，他此刻也许正在痛苦地思念她甜蜜的抚爱，正挣扎着用他小生命的最后一点力气呼唤她的名字。

她孤零零站在水边。她那双白皙而娇小的赤足在黑镜般的大理石上显得光洁如玉。她那头为夜间舞会而精心梳理、此刻尚未完全蓬松、缀着各式珍珠宝石、像抽芽的风信子般卷曲的秀发一圈一圈地盘绕在她典雅的头上。她那娉婷玉体仿佛只披有一层雪白的薄纱，但仲夏夜半的闷热空气阴沉而凝滞，她那雕塑般的身躯也一动没动，所以那层薄纱连一道褶痕也不飘拂，像是一层沉重的大理石贴着那位尼俄柏[1]垂下。但说来

1 尼俄柏（Niobe），希腊神话中的人物，因不敬神祇而遭神报复，全部子女都被神射杀，她因悲伤过度而化为岩石。

可真奇怪，她那对晶莹的大眼睛并没有朝下注目于那座埋葬她最灿烂的希望的坟墓，而是凝视着一个截然不同的方向！我想她是在凝视威尼斯最雄伟的那座建筑，从前的威尼斯共和国监狱。但是，当她的孩子就在她脚下的水中窒息之时，她怎能如此出神地凝视那座监狱呢？那边的一个壁龛张着黑洞洞的大口正对着她房间的窗户。那么，在它的阴影之中，在它的构造之中，在它庄严肃穆并有青藤环绕的花檐之中，能有什么东西还没有让门托尼侯爵夫人在此之前诧异过上千次呢？胡说！在这样一个时刻，谁不记得那双眼睛就像摔得粉碎的镜子，映出了无数忧愁的影像，从无数遥远的地方，看见了这近在咫尺的悲哀？

在侯爵夫人身后远远的台阶上，在府邸水门的门拱下，站着衣冠楚楚、模样酷似萨蒂尔[1]的门托尼侯爵本人。他一边不时地向寻找孩子的人发号施令，一边偶尔笨拙地拨弄一把吉他，看起来像是无聊到了极点。这一阵惊诧出神竟使我无力动一动我听见第一声尖叫时直立起的身子，在那群骚动的人眼里，我肯定像是一个幽灵和不祥之兆，因为我就那样脸色苍白、四肢僵硬地随着那条像是送葬的小船漂到了他们中间。

1 萨蒂尔（Satyr），希腊神话中一种半人半羊的林神。

所有的努力似乎都无济于事。许多最出力的搜寻者都垂头丧气地放弃了搜寻。看来那孩子已希望渺茫(但与母亲希望之渺茫相比又多么微不足道！)，但就在这时，从我们刚才提到的、属于旧共和国监狱建筑之一部分且正对着侯爵夫人窗口的那个黑洞洞的壁龛里，一个裹着斗篷的身影走到了亮处，稍稍打量了一下幽幽的水面，便令人眼花缭乱地一头扎进了运河。不一会儿，他已抱着那个一息尚存的孩子站在了大理石台阶上侯爵夫人的身边。他的斗篷因浸水而加重，滑落到他的脚旁。这时早已惊得目瞪口呆的人们看见了一个风度翩翩的青年，并听见了那个用大半个欧洲都能听见的声音呼出的名字。

青年并没有开口。可侯爵夫人呢！她现在会去接住她的孩子，会把他摁在心口，会紧紧地搂着他小小的身躯，用她的抚爱把他哄慰。但是，唉！另一双手臂已经从陌生人手中接过孩子。另一双手臂已经把孩子抱走，抱着他悄悄地进了府邸！而那侯爵夫人！她的嘴唇，她美丽的嘴唇微微颤抖；泪水正涌进她的眼睛——那双像普林尼笔下的叶形柱饰般的眼睛“柔和而几乎透明”。对！泪水正涌进她的眼睛。看！那女人浑身战栗，那尊塑像有了生命！我们看见，那苍白的大理石面容，那高耸的大理石胸脯，那白皙的大理石纤足，突然因一股不可抑制的红潮而泛出血色；她那袅袅婷婷的身子微微发抖，犹如那不勒斯的微风吹拂草丛中的银百合。

为什么那位夫人会面露羞色？这个问题没有答案，除非是因为救子心切的慌张和恐惧，使她冲出闺房时顾不上将纤足藏进绣鞋，也完全忘了往肩上披一件得体的衣裳。除此之外还有什么原因能解释她脸上的红潮？解释她苦苦哀求的目光？解释她急促起伏的胸脯？解释她那只颤抖的手的痉挛？那只手待门托尼侯爵一进府邸便意外地落在了那位青年的手上。还有什么原因能解释那位夫人与青年匆匆道别时低声说出的那句话的含义？“你已经赢了，”她说，或是水声欺骗了我的耳朵，“你已经赢了。日出后一个时辰，我们将相会。就这样吧！”

* * * * *

那场骚乱已平静下来，公爵府里的灯火也已熄灭，这时我认出了那位独自站在台阶上的陌生人。他当时激动得浑身发抖，他的眼光在搜寻一条小船，我当然义不容辞地该帮他一把，而他欣然接受了我的好意。在水门处借得一柄单桨，我们便驾舟一道去他的住处，此时他已恢复了镇定，并热情洋溢地谈起了我俩此前的偶然相识。

我有一些我乐于诉诸文字的题材。这位陌生人（让我们就这么称呼他，因为他对这个世界依然是一个陌生人），这位陌生人便是题材之一。与一般中等身材相比，他的身高也许稍矮一点，而不是稍高一点，尽管当他激动时他的身体似乎会膨胀，使人误以为他比实际的身高更高。他在叹息桥下的那番壮举靠的是他轻盈、匀称、差不多称得上纤弱的身材，而不是凭仗他在其他更危急的关头曾轻松自如地显示过的赫拉克勒斯般的神力。他有天神般的嘴巴和下颚；有一双非凡、任性、水汪汪的大眼睛，眼珠的色调由外向里呈浅褐色、深褐色和晶亮的黑色；有一头浓密乌黑的鬈发，鬈发下宽阔的天庭不时闪现象牙色的光泽。总之，我从未见过像他那种完全符合古典美的面容，如果把康茂德[1]大帝那副大理石面容除开的话。然而，他那种容貌人们只能在一生中的某个时期偶然一瞥，其后就再也不会看到。那张脸没有特征。没有过任何固定的表情能留在人们的记忆中。那是一张让人过目就忘的面孔，但那遗忘又总是伴随着一种朦朦胧胧且永不停息的想唤起那记忆的欲望。这并非因为他每次激情迸发时未把他的心灵清晰地投射在那面孔的明镜上，而是因为

1　康茂德（Lucius Aurelius Commodus，161—192），古罗马皇帝。

激情闪过之后，那明镜，那明镜般的面孔竟不会留下丝毫激情的痕迹。

那天晚上奇遇之后的分别之时，他恳求我第二天一大早再去见他，我认为他当时的心情和态度都非常急迫。第二天太阳刚一露头我便应邀去了他的宅邸，那是一幢威尼斯常见的阴沉但华丽的巨大建筑，就耸立在大运河畔石廊附近。我被引上一段用马赛克镶嵌的宽阔的旋转楼梯，进了一个极其奢华的房间；还未进门就已经迎面扑来的无与伦比的富丽堂皇，使我感到一阵眼花缭乱，头晕目眩。

我知道我这位朋友很阔气。以前曾听人以一种我冒昧地以为是言过其实的夸张谈起过他的富有。但当我此刻环顾四周，我仍然不能相信一个普通欧洲国民的财富竟能展示出这一派帝王般的金碧辉煌和豪华靡丽。

虽然如我所说，太阳已经升起，但房间里依旧灯火通明。从房间里的情形，从我朋友脸上疲竭的神色，我猜测他昨晚是一夜未眠。从房间的布局和装饰来看，设计者明显的意图就是要让客人眼花缭乱并大吃一惊，从而很少去注意行话称之为协调的装饰风格，或很少去注意国风民情的和谐。我的眼光掠过一件件奇珍异宝，却没有在任何一件上停留，无论是希腊画家们怪诞的绘画、意大利文艺复兴时期的雕塑，还是埃及野蛮时代的木刻。挂在房间各处的那些色彩艳丽的帷幔，在一阵不知发自何处的轻柔而忧伤的音乐声中微微摇摆。房间里弥漫着从一些奇怪的旋转香炉袅袅升起的不协调的混合香味，闪烁着各式各样的鲜绿色和紫罗兰色的灯光火影。初升的太阳从一扇扇用整块红玻璃镶嵌的窗户，从那些像是用熔化的银汇成、瀑布般从壁饰直泻而下的窗帘，以上千个角度朝室内倾泻进光芒，自然的光芒最后与屋里的灯光火影交织，柔和地摇曳在一块色泽斑斓、看上去像在流动的智利金丝地毯上。

“哈！哈！哈！哈！哈！哈！”主人大声笑着给我指了个座位，自己也向后一仰，摊开手脚靠在了一张褥榻上，“我看得出，”他看出我不能一下子适应他独特的迎客礼仪 ，“我看得出我这间屋子让你吃了一惊。我这些雕像、我这些绘画、我独出心裁的布局、我别具一格的装饰，这纷华靡丽使你完全陶醉了，是吗？但请你原谅，我亲爱的先生（说到这儿他声调一降，变得十分诚恳），请原谅我刚才无礼的大笑。你刚才看上去像是惊呆了。再说，有些事是那么荒唐滑稽，令人不得不笑。在笑声中死去肯定是最辉煌的死法！托马斯·穆尔爵士（一个非常好的人），你肯定记得，托马斯·穆尔爵士就是笑着死去的。还有，拉维休斯·特克斯特的《荒谬篇》中有一串长长的名单，那些人都这样辉煌地死去。不过，你知道吗，”他沉思着继续道，“在斯巴达（就是现在的帕里奥科里），在斯巴达，我说，就在那座要塞的西边，在一堆几乎看不见的废墟中有一块柱基，上面还残存着“ΛΑΞΜ”四个清晰的字母。它们毫无疑问是“ΓΕΛΑΞΜΑ[1]”这个单词的存余部分。当时在斯巴达有敬奉上千种不同的神祇的上千座神庙和圣殿。你看有多奇怪，偏偏笑神祭坛能在毁灭中得以幸存！不过话说回来，”随着话锋一转他的声音和姿态都起了异样的变化，“我没有权利拿你取乐。你有充分的理由感到惊讶。欧洲再也找不出这么奇妙的地方，我这个小小的帝王般的房间。我的其他房间绝不是这种格调，它们只是单调乏味的对时髦的追逐。这比追逐时髦更好——不是吗？但这也不可避免地将成为时尚——成为那些有世袭财产并出得起这笔花销的人的时尚。不过，我一直提防着这样的亵渎。自从它们被装饰得如你所见的这般俗不可耐以来，除了一个例外，除了我自己和我的仆人，你是唯一被允许进入这堂皇而又神秘之所的人！”

---

1 希腊语：笑。

我只是点了点头向他表示谢意，因为屋里光彩、香气和音乐强加给我的感觉，再加上他言谈举止意想不到的古怪，都阻止我用言语来表示我当时也许已经认为是恭维的感谢。

“你看这儿，”他说着站起身来，靠着我一条胳膊开始在屋里走动，“这些画从希腊人那里传到契马布埃手中，然后从契马布埃流传至今。如你所见，许多画的选择都很少尊重维尔图的见解。不过它们全部都适合用来装饰这样一间屋子。这儿还有些那位无名大师的杰作。这儿是一些曾极负盛名的艺术家未完成的作品，那些艺术家学会明智地把这些作品的名字留给了沉默和我。你认为，”他说着话突然一转身，“你认为这幅《哀戚的圣母》怎么样？”

“它是安吉利科的真迹！”我热情洋溢地脱口而出，因为我早已在凝视这幅举世无双的名画，“它的确出自安吉利科之手！你是怎么把它弄到手的？画中的这位圣母无疑就像雕像中之维纳斯。”

“哈！”他若有所思地说，“维纳斯，那尊漂亮的维纳斯？梅迪奇的维纳斯？有一个娇小的头和镀金的头发的那一尊？左臂的断肢（说到这儿他的声音低得几乎听不见）和整个右臂都被复原，可我认为，那条千娇百媚的右臂包含了所有矫揉造作的元素。再说卡诺瓦的雕塑！那尊阿波罗！也是件复制品，这一点毫无疑问。我是个瞎眼白痴，我看不出那尊阿波罗的夸张的灵感！我忍不住，可怜我吧！我忍不住喜欢那尊安提诺斯[1]。难道那位说雕塑家在大理石块里发现其雕塑的人不正是苏格拉底？所以米开朗基罗那两行诗绝非他自己的独创：

> 天才艺术家所要表达的思想，
> 无不包含在未雕的石块之中。

这一点早已或者说早该被注意到，在这位真正的绅士的举止言谈中，我们总感到一种与众不同，但又一下子说不清不同之处何在。我承认这种感觉完全适合我那位朋友行为上的表现，但在那个多事的清晨，我还觉得它更是完全适合于他的精神性格。我无法解释那种似乎使他与其他所有人完全隔离的心理特征。只能把这种特征叫作一种沉思冥想的习惯，这种习惯甚至渗透于他最细小的动作，硬挤进他荒唐度日的每时每刻，交织于他每一点一闪而过的欢愉，就像波斯波利斯那些神庙飞檐下笑嘻嘻的面具眼睛中扭曲而出

1　安提诺斯（Antinous，110—130），古罗马宫廷侍卫，美少年，有许多雕塑家创作过他的雕像。

的小毒蛇。

然而，从他飞快地详谈一些无关紧要的小事所用的那种既轻浮又庄重的腔调中，我未能避免一次又一次地观察到一丝惊恐的痕迹，一丝在言行中都有所显露的神经质的激动，一种在任何时候都使我莫名其妙，甚至有时候把我惊得魂不守舍。他常常把话说到一半就停住，显然是忘了前半截说的什么，然后好像是在凝神倾听什么动静，似乎是在等一位早已约好的客人，又似乎是在聆听只能存在于他幻想之中的声音。

就是在他这样一次或谓沉思或叫停顿的出神之际，我拿起身边褥榻上一本由著名诗人和学者波利齐亚诺写的悲剧《奥尔甫斯》(意大利最早的世俗悲剧)，随意翻开其中一页，发现了用铅笔画线圈点过的一个段落。那是第3幕末尾的一段——是最扣人心弦、感人肺腑的一节——这一节虽说有伤风败俗之嫌，但男人读它每次都会被新的感情所激动，而女人读它则免不了声声悲叹。那页书上还残留着新近洒上的泪痕，而与该页相对的插页上，则用英语写着一首诗，那字迹与我朋友奇特的性格极不相符，我费了好大劲才辨认出那确实是他亲笔所书。

你于我曾是一切，我的爱，

我的灵魂曾把你慕恋——
海中的一个绿岛，我的爱，
一泓清泉，一座神龛，
那一切都被仙果奇花环绕，
所有的花都为我吐艳。

啊，梦太美就难以做长！
啊，灿灿希望也曾上升
但终又被乌云所遮挡！
呼喊，一个来自未来的声音，
“向前！”——但在过去之上
（黑暗深渊）徘徊着我的心，
无言，静止，凄惶！

因为，于我，唉！唉！
早熄灭了那团生命之光。
“无常——无常——无常，”
（这种语言把庄严的大海
阻止在海岸的沙滩上，）
雷击的树还会繁花盛开？
受伤的鹰还会展翅翱翔？

现在我的白天全是梦境，
　而我夜间所有的梦
都是你闪耀的乌黑眼睛，
　都是你纤足的移动
在多美的意大利河滨，
　在多轻盈的舞步之中。

唉！因为那个不幸的时辰
　他们带你去大海那头，
别了爱，去嫁那显赫的老人，
　伴随不洁的枕衾帷帱——
别了我，别了多雾的英伦，
　这里银柳正伤心泪流！

这些诗行用英语写成，使我多少有几分惊讶，因为在此之前我并不相信这首诗的作者精通那门语言。我现在充分意识到了他的多才多艺，也意识到了他这种特别的娱乐方式，他是故意隐瞒他懂英语，以便让别人发现时大吃一惊。但我得承认，这首诗的落款的确让我大吃了一惊。诗末原来写有“伦敦”字样，后来又小心翼翼但并不完全见效地涂掉了，似乎是不想让人看见那个字眼。我说这落款让我大吃了一惊，因为我清清楚楚地记得上次与他交谈时，我曾特意问他是否在伦敦见过门托尼侯爵夫人（她结婚之前的好些年一直都住在那座城市），如果我没听错，他当时给我的回答是说他从来没有去过大不列颠的那座都市。我在此不妨说明，我曾不止一次地听说（我当然不相信那些道听途说的传闻），我所讲述的这个人不仅出生在英国，而且是在英国受的教育，是个地道的英国人。

* * * * *

“这儿还有一幅画，”他并没意识到我在注意那部悲剧，“这儿还有一幅你从未见到过的画。”他说着掀开一道帷帘，露出一幅侯爵夫人阿芙罗狄蒂的全身肖像。

人类的艺术不可能更惟妙惟肖地画出她那种超凡绝伦的美。昨晚站在公爵府外大理石台阶上的那个风致韵绝的身影，突然间又站在了我的眼前。但眼前的这位美人脸上焕发着粲然的微笑，那微笑中还交织着一种飘拂不定、令人费解且与她绝世独立的美貌不可分的忧郁。她右臂弯在胸前，左手则向下指着一个精致的古瓶。只能看见一只娇小优雅的赤足接触地面——在她身后那团似乎将她的可爱环绕，把她的美丽祀奉的灿烂辉煌的色调中，隐隐约约地飘浮着一对几乎辨认不出的想象中的翅膀。当我从画上收回目光看我朋友之时，我嘴里不知不觉地冒出了查普曼的悲剧《比西·德昂布瓦》中那两行刚健的诗：

他站起身
像一尊罗马雕像！他将屹立
直到死神把他变成大理石！

“来吧！”他最后说，然后转身走向一张华美贵重的银桌，桌上有几只色彩斑斓的酒杯，还有两个与画中式样完全相同的巨大的伊特拉斯坎古瓶，瓶中盛满了酒，我猜想是德国约翰尼斯堡酿的白葡萄酒。“来吧！”他突然说，“让我们来喝一杯！时间是早了点儿，但让我们喝吧。时间的确是早了一点儿。”他说话时似乎仍沉湎于冥想中。这时一个美貌的童仆用一柄金锤敲铃报响了日出后的第一个小时。“时间的确是早了一点儿，但这又何妨？让我们喝吧！让我们为就要使这些华灯香炉黯然失色的神气活现的太阳斟上一份祭品！”他让我同他一道干过一杯之后，他自己又一口气接连喝了好几杯。

“做梦，”他又恢复了闲聊的口吻，并把一个华丽的古瓶举向一只香炉发出的彩光，“做梦就是我的全部生活。所以我为自己，正如你现在所看见的，为我自己装饰了一个做梦的房间。在威尼斯的中心我还能做得更好吗？你看看你周围，不错，这东西合璧的装饰有点不伦不类，爱奥尼亚的简朴被这些老古董破坏，埃及的斯芬克司趴在智利的金丝地毯上。然而，这效果只对胆小鬼不合适。地点的妥当，尤其是时间的妥当才是妖魔鬼怪，它们吓得人不敢进行庄严的沉思。我曾经是个循规蹈矩的人，但那种愚蠢的升华已使我的灵魂生厌。现在这一切更令我称心如意，就像这些阿拉伯风格的香炉，我的灵魂在香火中扭曲，这种谵妄的感觉很适合我去寻找那真实梦境之中的更荒凉的梦境，而我现在很快就要去荒凉的地方。”说到这儿他猝然住声，把头垂到胸前，仿佛是在倾听一个我无法听见的声音。最后他直起身子，仰望苍天，大声呼喊出奇切斯特主教的两行诗：

在那儿等我！我不会失约，
我会在那空谷幽地与你相会。

接着他自称不胜酒力，摊开身子躺在那张褥榻之上。

一阵急促的脚步声在楼梯上响起，随之而来的是一阵猛烈的敲门声。我匆匆跨到门边，迎着第二阵敲击开了门，门托尼侯爵府上的侍从一头冲进房间，结结巴巴、语无伦次、上气不接下气地说：“我家夫人！我家夫人！服毒了！服毒！哦，美丽的……哦，美丽的阿芙罗狄蒂！”

我不知所措地冲到那张褥榻前，拼命想摇醒我的朋友，让他知道这一惊人的消息。但他的四肢已僵硬，他的嘴唇已发白，他刚才还炯炯有神的眼睛现在已黯然无光。我蹒跚着回到那张桌子跟前，我的手落在一个已被打破并已发黑的酒杯上。蓦然之间，这个可怕故事的全部来龙去脉在我脑子里一闪而过。

死荫

是的！虽然我穿行在死荫幽谷。

——《旧约·诗篇》

读这则寓言的你还活在世上，而写这则寓言的我恐怕早已去了亡灵之乡。因为在这些记录被世人读到之前，奇异的事情将会发生，神秘的事情将被知晓，许多个世纪将会过去。而在这些记载被读之时，有些人会不信，有些人会怀疑，但有少数人会在这些用铁笔镌刻[1]的字符中发现许多引人深思的东西。

那是一个恐怖之年，人们心里充满了一种这个世上还没有字眼可形容的比恐怖还恐怖的感情。因为许多奇征异兆相继出现，普天之下，从海洋到陆地，都被时疫黑色的翅膀所覆盖。然而，对于那些精通星象的人来说，并非不知道这是天象显出了凶兆。对他们

1 《旧约·约伯记》第19章第23—24节有言："啊，愿我的这番话都被记下，被记录在一部书中，被铁笔和铅永远镌刻在岩石上。"《旧约·耶利米书》第17章第1节则曰："犹大的罪孽是用铁笔和金刚钻记录的。"

中的我，希腊人奥伊洛斯来说，这显然是木星在白羊宫入口处与可怕的土星那道红色光环交接，794 年的那场大更迭已经来临。如果我没有完全弄错的话，那种奇特的天意不仅显现在地球的自然轨道中，也显现在人类的精神、想象和沉思冥想之中。

一天晚上，在一座名叫普托勒墨斯的幽幽城中，在一个宏伟大厅的四壁之内，围着一些用长颈瓶装的开俄斯岛红葡萄酒，我们七个人坐在一起。除了一道巍峨的黄铜大门，我们这个房间没别的入口。那道大门由工匠科里乌诺斯铸成，稀罕的是那门只能从里边开闭。那阴暗房间的黑色帷幔，使我们看不见苍白的月亮和星星，也看不见窗外无人的街甬，但却挡不住那不祥之兆，也无法逐出我们对灾祸的记忆。我现在已不能清晰地描述当时的情景，无论是物质上的存在还是精神上的实感；除了气氛的压抑、窒息的感觉和如焚的忧虑，我记得最清楚的就是，在意识清醒而敏锐但思维能力却沉睡不醒之时，神经所经历的那种对生存的恐惧。一种死亡的压迫缠住我们不放。它缠住我们的四肢，缠住室内的摆设，也缠住我们喝酒的那些酒杯；所有的一切都被缠住，所有的一切都被压倒，只除了七团照亮我们酒宴的七盏铁灯的火焰。七盏灯的火苗都又细又长，火苗暗淡而且一动不动。灯光在我们围坐的那张黑檀圆桌上形成了一面镜子，从那面镜子中，我们每个人都看见了自己脸色的苍白，看见了同伴眼中的萎靡不振和焦灼不安。然而，我们仍歇斯底里地纵声大笑，纵情作乐，疯疯癫癫地吟唱阿那克里翁咏赞酒色的琴歌；虽然紫色的酒浆让我们想到鲜血，但我们依然狂饮高歌。因为我们屋里还有另一位叫作小索伊勒斯的房客。他正裹着尸衣直挺挺地躺在一旁，好像是那个场景的守护神。唉！他分享不到我们的快乐，只是他那张被瘟疫扭歪的脸和那两只被死神熄灭了一半瘟疫火焰的眼睛似乎正对我们的狂欢感兴趣。但是，虽然我感到死者的眼睛正盯着我，但我仍然强迫自己不去理会那眼中的痛苦，而是凝视着镜子般的黑檀桌面，用宏亮的声音高唱泰奥斯之子[1]的那些琴歌。但渐渐地，我的歌声停止了，那屋里黑色帷幔间萦绕的回声也越来越弱，最后终于完全消逝。瞧！就从歌声消逝的那些黑色的帷幔之中，走出一个模模糊糊、飘忽不定的影子，就像月亮刚刚升起时可能映出的人的影子；但它既不是人影，也不是神影，也不是任何我们所熟悉的东西的影子。它在黑色的帷幔间哆嗦了一会儿，最后终于在黄铜大门的表面上附

1 古希腊诗人阿那克里翁（Anacreon）生于小亚细亚的泰奥斯，故有“泰奥斯之子”之称。

定。但那影子仍若明若暗，虚无缥缈，毫不成形；既不像人也不像神——不像希腊的神，不像迦勒底的神，也不像埃及的任何神。那影子就附在门拱下的黄铜门上，一动不动，一声不吭，完全静止。如果我没记错，影子所依附的门正对着裹着尸衣的小索伊勒斯的双脚。但自从那影子从帷幔间飘出之后，我们七个人都没有正眼看过它一眼，而是垂下目光久久盯着那面黑檀木镜。最后我嗫嚅着问那影子姓甚名谁，居住何方。影子回答:“我叫死荫，居住在这普托勒斯城地下墓窑附近，就在极乐世界那混沌的旷野旁边，紧挨着那条肮脏的冥河。”这下把我们七个人都吓得从座位上一跃而起，一个个战战兢兢直打哆嗦。因为那影子的声音所包含的不是一个人的声调，而是许许多多人的声调。它说话时每发出一个音节就变换一种声调，这些声调阴沉沉地钻进我们的耳朵，使我们回忆起成千上万死去的朋友们那些熟悉的口音。

静

山峰都沉睡了；幽谷、巉岩和洞穴寂然无声。

——阿尔克曼

“听我说，”魔鬼说着将一只手摁在我头上，“我讲的这个地方是利比亚的一个荒僻之处，在扎伊尔河畔。那里没有安宁，没有寂静。

“那条河中的水有一种令人作呕的番红花颜色，而且那水不往海里流，而是日复一日、年复一年地在火红的太阳下奔腾翻滚。从那条河的软泥河床向两岸伸延数英里，是一片长满巨大水百合的苍白的荒原。水百合在那片荒原上喟然相对，长吁短叹，朝天上伸着它们又长又白的脖子，永不停息地摇晃着它们的头。它们发出低沉而连续的声响，就像是地下水汩汩溅溅。它们喟然相对，长吁短叹。

“但水百合的荒原有一道疆界——那座阴森森、高嵬嵬的森林的疆界。在那儿，低矮的灌木丛犹如赫布里底群岛的波浪，永不停息地汹涌骚动。但天上没有一丝风。那些参天古树东摇西晃，发出一阵阵巨大的声响。从它们高高的树冠，一滴滴露珠，长年不断地往下涌淌。树根旁长着奇异的毒花，毒花在不安的睡眠中扭动。头顶上，伴随着飒飒的声音，灰色的云亘古不息地飘向西方，直飘到天边那堵火红的墙上方，翻卷成一场瀑布般的暴雨。但天上没有一丝风。在扎伊尔河的两岸，既没有安宁也没有寂静。

“那是个夜晚，天在下雨，往下落时是雨，但落下来后是血。而且一直在下，天在下雨，但一直在下，那是血。我站在水百合丛中的泥淖里，雨浇在我的头上，那些百合花在孤寂与凄凉中相对喟然，唉声叹气。

“突然间，月亮穿过苍白的薄雾而升起，放射出血红色的月光。我看见了河边耸立着的一块被月光照亮的巨大岩石。那岩石阴沉，苍白，峭然独立。那岩石阴沉沉的。岩石的正面刻着字。我穿过长满水百合的泥淖走到河边，以便能看清岩石上刻的字。但我辨认不出那些字符的含义。我正回头走进泥淖，这时月光变得更红，我转身再一次看那块岩石，看那些字符。刻在岩石上的是一个‘荒’字。

“我举头仰望，看见岩顶上站着一个人，于是我躲进水百合花丛中，以便能观察那个人的举动。那人的身躯魁梧而堂皇，从肩到脚被一件古罗马人穿的宽袍裹得严严实实。他身影的轮廓模模糊糊，但他的相貌却是一副神的相貌，因为黑夜、薄雾、月亮和露珠都没有遮掩他那张面孔。他高高的额顶带着沉思，他大大的眼睛充满忧虑；从他脸上的几道皱纹，我看出了他对人类的惋惜、厌倦和憎恶，看出了他对孤独的向往。

“那人在岩顶上坐下来，用一只手托着头，眺望那片旷野。他垂眼看看那不安的低矮灌木，又抬眼望望那些参天古树，然后再向上看那飒飒作响的天空，最后凝视那轮血红的月亮。我藏在百合花丛中，观察那个人的一举一动。那人在孤独中战栗，但夜色将尽，而他坐在岩石上。

“那人从天空收回目光，放眼眺望凄迷的扎伊尔河，眺望那昏黄阴惨的河水，眺望那灰蒙蒙的一大片水百合花。那人倾听水百合的叹息，倾听它们发出低沉而连续的声音。我悄悄地潜伏在隐蔽之处，观察那个人的一举一动。那人在孤独中战栗，但夜色将尽，而他坐在岩石上。

“于是我退到泥淖深处，费力地走到那一大片百合花中央，呼唤那些住在泥淖深处沼泽地中的河马。河马听到了我的呼唤，与它们《圣经》中的同类[1]一道来

---

1 《圣经》中的河马叫作 behemoth，一般的河马叫作 hippopotamus，故作者把两者称为同类。

到那块岩石脚下，在月光下高声而可怕地怒吼。我悄悄潜伏在隐蔽之处，观察那个人的一举一动。那人在孤独中战栗，但夜色将尽，而他坐在岩石上。

“于是我用骚动的咒语诅咒风雨雷电，一场可怕的暴风雨开始在先前没有风的天空上聚集。来势汹汹的暴风雨遮天蔽月。大雨倾泻在那个人头上。河中洪水涌来，河里翻滚着泡沫浊浪。水百合在雨中声声哀鸣。大森林在风中分崩离析。雷声隆隆，电光闪闪，那块岩石连根基都在摇晃。我悄悄地潜伏在隐蔽之处，观察那个人的一举一动。那人在孤独中战栗,但夜色将尽，而他坐在岩石上。

“于是我用‘静’的咒语来诅咒河，诅咒百合，诅咒风，诅咒森林，诅咒天空，诅咒雷电，诅咒水百合的叹息。我的诅咒立刻应验，它们全都静止下来。月亮停止了移动。雷声骤然消失。电光不再闪亮。云块全都凝固。河里的水退回到原来的水位。森林停止了摇晃。水百合不再叹息,也不再发出低沉而连续的声音,旷荡无边的荒原上一片岑寂。我再看岩石上刻的那个字符，发现已经变成了一个‘静’字。

“我的眼光落在那个人脸上，他已被吓得脸色苍白。他猛然抬起头，站起身，朝前倾身聆听。但旷荡无边的荒原上一片岑寂，岩石上的字符也变成了‘静’字。

那人颤抖着掉转头，匆匆逃去，结果我再也没见到过他。”

* * * * *

如今在古波斯祭司留下的那些卷帙中有许多好故事——在古波斯祭司那些铁钉装订的忧郁的卷帙中。哟，里边有天空、海洋和大地辉煌的历史，有关于统治天空、海洋和大地的神怪的故事。在西彼拉[1]的预言中还有许多传说，还有多多纳神庙周围那些摇晃的朦朦树叶所听到的那些神圣而古老的往事[2]。然而，尽管真主活着，我仍然认为魔鬼在坟墓阴影中坐在我身边讲给我的这则寓言是最奇妙的故事。当时魔鬼讲完故事就哈哈大笑着退回墓穴之中。我未能同魔鬼一道发笑，他因此而诅咒了我。永远居住在坟墓里的那只山猫蹿出来，匍匐在魔鬼脚边，一动不动地盯着他的脸。

1 西彼拉（Sybils，或 Sibylla），希腊罗马神话传说中的女预言家，相传她著有《西彼拉预言书》，其残卷藏于罗马卡匹托尔山神庙。

2 多多纳神庙是古希腊伊庇鲁斯地区（曾为一古国）的宙斯神庙。关于从神庙周围的树叶声中得到神谕的记载最初见于荷马《奥德赛》第 14 卷。

山鲁佐德的第一千零二个故事

真实比虚构更奇妙。

——谚语

最近，在研究东方文化的过程中，我有机会查阅了《喻吾是与否》[1]这样一本书，该书就像西蒙·约哈德的《光辉之书》[2]一样，即使在欧洲也几乎无人知晓。而据我所知，也许除了《美国文学珍奇录》的作者之外，该书还从来未被任何一个美国人引述。如我刚才所说，在有机会翻阅了几页这本首次提及的奇书之后，我大为惊讶地发现文学界一直弄错了一个问题，那就是在萨桑国宰相之女山鲁佐德的命运问题上，文学界迄今为止一直令人不可思议地照《一千零一夜》中的叙述在以讹传讹。我发现就《一千零一夜》的结局而言，

1 爱伦·坡杜撰的一个书名，原文为 *Tellmenow Isitsöornot*，英语国家读者很容易将其读成 "Tell me now is it so or not（现在请告诉我是或不是）"。

2 西蒙·约哈德（Simeon Jochaides）是公元 2 世纪的希伯来学者，《光辉之书》（*Zohar*）是他用犹太神秘主义对《摩西五经》的注疏。

即便不说它不完全准确，但至少应该责备它没把故事讲完。

关于这个有趣的话题之详情，我得请读者自己去查阅《喻吾是与否》一书，不过与此同时，请允许我概略地讲一讲我在那本书中的发现。

读者应该记得，照那些故事的一般讲法，有充分理由猜疑其王后的萨桑国王不仅把她处死，而且对着他的胡须和先知发了一个誓，要每晚娶一名他王国中最漂亮的少女为妻，第二天早上则把她交给刽子手。

许多个年头他一直严格地按照教规教义不折不扣地履行了他的誓言，这使他赢得了信仰虔诚、理性健全的荣誉。可一天下午，他受到了前来觐见的宰相的打扰（肯定是在他做祷告的时候），似乎是因为宰相的女儿想到了一个念头。

宰相之女名叫山鲁佐德，她的念头是：要么她偿清那片国土上的美女所欠的人头税，要么她就以所有那些被公认的女英侠妇为楷模，在这一尝试中献出生命。

所以，尽管我们考证出那一年并非闰年（闰年使这种牺牲更可歌可泣），她仍然委托她身为宰相的父亲向国王提出她自愿与其成婚。国王求之不得，马上答应了这门婚事（他对她早已垂涎三尺，只是慑于宰相才迟迟没有行动）。但在答应的同时，他让所有的人都明白，不管宰相不宰相，他都丝毫无意违背自己的誓言，或是放弃他的特殊权利。因此，当美丽的山鲁佐德不顾父亲的苦苦劝告，坚持要嫁给国王，而且实际上与他成婚之时（如我所言，不管我愿意与否，当她坚持并实际上嫁给他之时），她那双黑眼睛完全清楚地看到了事情性质可能带来的结果。

但这位颇有心计的少女（她肯定一直在读马基雅维利的书）怀有一个非常精巧的小小的阴谋。就在婚礼的那天晚上，她以一个我现在已忘了是什么的似是而非的借口，设法让她的妹妹在离王家龙床够近的位置占据了一张卧榻，以便姐妹俩能舒舒服服地隔床聊天。她还留心趁鸡叫之前弄醒了她的丈夫，那位仁慈的君王（他虽然天亮就要勒断她的脖子，但对她仍然颇有好感）。正如我所说，她设法弄醒了国王（尽管他因为问心无愧和消化良好而睡得很香），凭着一个非常有趣的故事（我想就是关于一只老鼠和一只黑猫的故事），她当时正把这故事讲给妹妹听（当然一直用的是一种悄声细语）。天亮时分，碰巧这个故事还没有完全结束，而山鲁佐德自然不可能接着把它讲完，因为那个时辰已到，她必须起床去被勒死（一种比被吊死稍稍舒服一点、略略斯文一分的死法）！

但我很遗憾地说，那位国王的好奇心恰好胜过了他虔信的宗教原则，竟诱使他破例将其誓言推延到第二天早上去履行，以便希望能在当天晚上听到那只黑猫（我认为是一只黑猫）和那只老鼠最后怎么样了。

夜晚终于来临，可山鲁佐德女士不仅讲完了黑猫和老鼠的故事（那只老鼠是蓝色的），而且在她还没明白是怎么回事之前，她发现自己又不知不觉地讲起了另一个复杂的故事，（如果我没有完全记错的话）这个故事讲的是一匹粉红色的马（有绿色翅膀），这匹马靠发条装置狂奔疾驰，上发条的是一把蓝色钥匙。这个故事让国王听得更加津津有味，当天亮而故事尚未结束之时（尽管山鲁佐德王后尽了最大努力想赶在天亮之前把故事讲完，以便去受死），国王除了像前一天那样把仪式推迟 24 小时之外别无他法。第二天晚上又出了同样的事故，并且带来了同样的后果。随之一而再，再而三，以至到了最后，在国王不得已被剥夺了一千零一次履行其誓言的机会之后，这位仁慈的君主要么是完全忘记了誓言，要么是通过正规手续将其废除，或（更有可能的是）干干脆脆地抛弃了他的信誓，同时也抛弃了他忏悔神父的脑袋。总之，那位从夏娃一脉正传的山鲁佐德，那位也许还继承了我们所知夏娃在伊甸园那棵树下拾得的整整 7 筐故事的山鲁佐德，最后终于赢得了胜利，美女们所欠的人头税得以免除。

当然，这个（我们有书为证的）结局无疑是非常恰当，非常愉快。可是，唉！就像许许多多愉快的事情一样，令人愉快但不真实，而我衷心感谢《喻吾是与否》一书纠正了这一谬误。有句法国谚语说“最好乃好之死敌”，而在提到山鲁佐德继承那 7 筐故事时，我本来应该补充，她后来以复利把它们贷出，直到它们增加到 77 筐。

“我亲爱的妹妹，”她在第一千零二夜说，（在此我一字不改地引述《喻吾是与否》一书中的原话）“我亲爱的妹妹，”她说，“既然被勒死的小小危险已化为乌有，既然那笔讨厌的税款已被免除，我现在觉得自己一直很内疚，因为我非常轻率地没让你和国王听完辛伯达航海旅行的故事（我很遗憾地说，国王睡觉打呼噜，这不是一名绅士应该有的行为）。除了我讲过的那几次航行外，这位航海家还经历过许许多多更有趣的冒险，可实情是我讲这故事的那天晚上觉得很困，所以就来了个长话短说。这是个严重的错误，唯愿安拉能宽恕我。不过现在来弥补这一过失也为时不晚。让我拧国王两下，待他清醒一点并停止发出这可怕的呼噜声，我马上就让你（也让他，如果他想听）听到这个非凡故事的结尾部分。”

据我从《喻吾是与否》一书中所知，山鲁佐德的妹妹当时并没有显出特别的喜悦，但国王已被拧得够受，最后终于停止了打鼾，并说了声“哼”，然后又说了声“呼”。王后当然明白这话（肯定是阿拉伯语）的意思是说他正洗耳恭听，并将竭尽全力不再打呼噜。王后像我刚才所说的那样把一切安排停当之后，马上就开始接着讲航海家辛伯达的故事：

“最后在我的晚年，”这些是辛伯达自己的原话，就像山鲁佐德所复述的一样，“当我在家中享了好些年清福之后，去国外游览的欲望再一次把我攫住。一天，没让家里人知道我的计划，我把一些价值最高而体积最小的货物打成几个包裹，雇了一名脚夫挑上，与他一道直奔海滨，在那儿等任何一艘出海船只，只要它能把我从这个王国带到我从未去过的某个地方。

“把包裹放在沙滩上之后，我们坐在几棵树下边，极目眺望海上，希望能发现一艘船，但过了好几个小时我们也没见到船的踪影。最后，我觉得自己听到了一种呜呜声或嗡嗡声。那名脚夫仔细听了一阵，也说他听出了那个声音。不一会儿那声音变得越来越响，因此我们毫不怀疑发出那声音的物体正在向我们靠近。终于，我们发现天边地平线上出现了一个小黑点，小黑点飞快地变大，直到我们认出那是头巨大的怪物，它游动时身子的大部分都露在水面。怪物以令人难以置信的速度直向我们游来，在它胸前掀起巨大的浪花，并用一根伸得很远的火柱把它经过的海面照亮。

“当那怪物游近，我们看得越发清楚。它的身子有三棵参天大树那么长，有你王宫里的大谒见厅那么宽，哦，尊贵而慷慨的哈里发。它的身子不像一般的鱼，而是像一块坚硬的岩石，浮在水面的部分通体漆黑，只有一条环绕它全身的细斑纹是红色。那怪物浮在水面下的肚子只有当它随波起伏时我们才能偶尔瞥上一眼，那肚子表面布满了金属鳞片，颜色就像是有雾时的月光。它的背平坦，差不多是白色，从背上竖起六根脊骨，脊骨大约有它半个身子那么长。

“这可怕的怪物没有我们能看见的嘴巴，但似乎是为了弥补这个缺陷，它至少被赋予了 80 只眼睛，它们就像绿蜻蜓的眼睛一样从眼窝突出，成上下两排环绕身体排列，与那条看上去好像是作为眉毛的血红色斑纹平行。这些可怕的眼睛中有两三只比其他都大，外表看上去像是纯金。

“尽管这怪兽像我刚才所说的那样以极快的速度接近我们，但它肯定是全凭巫术驱动。因为它既不像鱼有鳍，也不像鸭子有蹼；既不像能以行船的方式被吹着走的海贝那样有翼，也不像海鳗那样能靠身子的扭动而前行。它的脑袋和尾巴完全一模一样，只是离尾巴不远处有两个作鼻孔的小洞，那怪物通过小洞猛烈地喷出浓浓的粗气，同时发出尖锐刺耳的声音。

“看见这可怕的家伙，我们都吓得要命，但我们的惊奇甚至超过了恐惧，因为当它离得更近时，我们发现它背上有许多其形状大小都与人类无二，其他方面也都像人的动物，只是它们不（像人类那样）穿衣戴帽，而（无疑是天生）就套有一层丑陋而且不舒服的外罩，模样很像是服装，但把皮肤贴得非常紧，结果使那些可怜的家伙显得笨拙可笑。显而易见，也使它们非常痛苦。它们头顶上都有个略微呈方形的盒子，我开始一看还以为那是它们的头巾，但我很快就发现，那种盒形物又重又硬，于是我断定那是一种故意设计的装置，以其重量来保持那些动物的脑袋在其肩上的平稳和安全。那些动物的脖子上都套着黑色颈圈（肯定是奴隶的标志），就像我们套在狗脖子上的那种，只是宽得多，而且也硬得多，所以那些可怜的受害者朝任何方向转动脑袋，都不得不同时也转动身体，这样它们就注定了要永远盯着自己的鼻子，一种令人惊叹的驴鼻，如果不是令人生畏的狮子鼻的话。

“那怪物快接近我们站的海岸之时，突然远远地向外鼓出一只眼睛，眼睛里喷出一团可怕的火焰，还冒出一大团浓浓的云烟，并伴随着一种我只能比喻为雷声的巨响。待云烟飘散，我们看见那些奇怪的动物人当中的一个站到了那头庞然大物的脑袋前端，它手里拿着一个喇叭，随后它就通过喇叭（将其置于嘴前）用一种响亮、刺耳而讨厌的腔调朝我们嚷嚷，若不是那种嚷嚷声完全从鼻孔里发出，我们说不定会把它误以为是语言。

“那嚷嚷声显而易见是冲着我们来的，可我全然不知该如何回应，因为我一点儿也不明白在嚷些什么。在这种困境之下，我转向那名吓得差点儿晕过去的脚夫，问他是否知道那是种什么怪物，它想干什么，挤在它背上那些动物是什么生物。脚夫虽然浑身发抖，但仍然尽可能完整地回答了我的提问，他曾经听说过这种海兽。那是一种凶残的魔鬼，其内脏是硫黄，血液是火焰，由恶神造出来作为一种带给人类灾难的工具。它背上的那些动物叫寄生人，就像猫狗身上的寄生虫一样，只是他们个头更大，而且更野蛮。这些寄生人自有其益处，可是也有害处，因为那种海兽正是通过他们又咬又刺的折磨才被激怒到某种程度，而这种激怒是它咆哮怒吼、行凶作恶的必要条件，它的行凶作恶则实现了那个恶神邪恶的报复计划。

“这番讲述使我决定拔腿就跑，而且我连头也没回就一口气飞快地跑进了山里。当时那名脚夫跑得和我一样快，尽管跑的方向几乎正好相反，结果他终于带着我的包裹逃之夭夭，我毫不怀疑他会很好地照管我的货物，不过这点我没法证明，因为我不记得在那之后我还看见过他。

“至于我自己，我被一群寄生人紧追不舍（他们乘小艇登岸），很快就被他们抓住，捆了手脚，搬到了那头海兽背上，海兽随即又游向大海远方。

“这下我痛悔自己的愚蠢，竟放弃家中舒适的生活，拿生命来冒这样的风险。但后悔也没用，于是我尽量利用自己的条件，极力去讨好那个拥有喇叭的寄生人，他好像管辖着他那些伙伴。我这种努力非常成功，几天之后，那家伙露出了喜欢我的各种迹象，甚至不厌其烦地教我对他们的语言来说完全是虚有其名的基础语法，所以我终于能用他们的语言流利地交谈，最后还用这种语言表达了我想看看这个世界的强烈愿望。

“‘洗洗压压叽叽，辛伯达，嘿，欺欺，哼哼还有喔喔，嗞嗞，嘘嘘，嗖嗖。’一天晚饭后那个寄生人对我说——不过请陛下务必恕罪，我忘了陛下并不精通鸡鸣马嘶语方言（那个寄生人是这样称的，我猜想他们的语言形成了马嘶和公鸡叫之间联结的一环）。如蒙恩准，我将为陛下翻译。‘洗洗压压叽叽’这段话的意思是说：‘我很高兴地发现，我亲爱的辛伯达，你真是一个非常杰出的家伙。我们眼下正在做一件叫环球航行的事，既然你那么想看看这个世界，我将破例做一次让步，让你在这头海兽背上免费航行。'"

据《喻吾是与否》一书记载，当山鲁佐德女士讲到这里，国王从左到右翻了个身，并说：

"这真是非常令人吃惊，我亲爱的王后，你过去居然漏讲了辛伯达后来的这些冒险故事。你知道吗，我认为它们非常有趣并十分奇妙？"

书中告诉我们，当国王说完这番话之后，美丽的山鲁佐德又接着往下讲她的故事：

"（辛伯达以这种方式继续讲道）我感谢了那位寄生人的仁慈，并很快发现自己在海兽背上感到非常自在，那海兽以极快的速度穿游海洋。尽管在世界的那个部分，海洋并不是一个平面，而是圆圆的像一个石榴，所以可以这么说，我们一直是忽而上山，忽而下山。"

"这个我认为非常奇怪。"国王打岔道。

"可这相当真实。"山鲁佐德回答说。

"我不相信，"国王道，"不过请继续往下讲吧。"

"我会的，"王后说，"辛伯达继续讲道，正如我刚才所讲的那样，那海兽忽而游上山，忽而游下山，最后把我们载到了一座海岛，那座岛方圆有好几百英里，然而它却是由一群虫子[1]般的小东西建筑于海中。”

“哼！”国王说。

“离开了这座岛（读者必须理解山鲁佐德并不理会她丈夫那种粗鲁的哼哼哈哈），我们又到了另一座，那座岛上有坚硬的石头森林，林木是那样的硬，以至于我们努力要伐木时连最好的斧头也被碰成了碎片。[2]”

“哼！”国王再次哼哈，但山鲁佐德对此毫不理会，

---

1 珊瑚虫。——原注

2 “大自然最令人叹为观止的奇景之一当数得克萨斯州帕西格罗河源头附近的一片化石森林。该林由直立着变成化石的数百棵树组成。一些部分变成化石的树迄今仍在生长。这对自然科学家们来说是一个惊人的事实，而且必然会使他们修改目前的石化作用理论。”（引自威廉·肯尼迪的《得克萨斯》）

这段一开始被人怀疑的报道已因一座完整的石化森林之发现而得到证实，该石化森林位于起源于罗齐山脉黑山段的沙叶河（或称锡纳河）源头附近。

无论按地质学的观点还是从风景的角度来看，地球表面也许没有一种奇观能比得上开罗附近那片石化森林所展示的异景。旅游者在经过城外那些法老陵墓之后，以几乎与横穿沙漠通往苏伊士的大路成直角的角度转向，朝南约行 10 英里至一荒芜低谷，该谷遍布黄沙、砾石和海贝，仿佛海水昨天才从那里消退，然后旅游者再越过一道有些段落与其脚下的路相平行的沙砾山梁。这时他难以想象其奇妙和荒凉的景观就呈现在他眼前。一大片化石树的碎片从他身下向周围延伸数英里之遥，就像一座腐败而匍匐的森林，化石块在他马蹄的敲击下发出铸铁般的铿锵之声。化石木呈深褐色，但形状完好，长度从 1 英尺到 15 英尺不等，厚度一般为半英尺到 3 英尺。就目力所及而言，它们散落得那么密集，以至一头埃及驴也难以从中穿过，它们又散落得那么自然，以至若是在苏格兰或爱尔兰，不注意看也许会把这片化石林误认为是一片干涸的沼泽。露出根的树木正在阳光下腐烂，有许多树根和枝丫都几乎保持着原状，有些树皮下被虫蛀的洞可轻而易举地辨出。最精细的木纹以及树心里所有更精细的部分均完整无损，用高倍放大镜便可清晰地看到。所有木块都硅化到了可在玻璃上划出痕迹的硬度，并可接受最精密的抛光。（引自《亚洲杂志》）——原注

继续复述辛伯达的原话。

“过了这最后一座岛，我们来到了一个国度，那里有一个在地下伸延了30或40英里的山洞，洞中有许许多多宽敞而华丽的宫殿，远比在大马士革和巴格达所能看到的宫殿都更加宏大，更加雄伟。从那些宫殿的屋顶垂悬着数不清的宝石，像是钻石，但比人体还大。在塔楼、庙宇和金字塔之间的街道当中，流淌着一条条黑如乌木的大河，河中成群地游着没有眼睛的鱼。[1]”

“哼！”国王说。

“然后我们进入了一片海域，发现那里有一座巍峨的高山，山腰奔涌着一条条熔化的金属激流，其中一些有12英里宽，60英里长。[2]而从山顶的一个深渊里则喷出那么多的烟灰，以至把天上的太阳完全遮蔽，天变得比最黑的夜晚还黑。结果我们在离那座山150英里远的地方也不可能看见即使最白的东西，不管如何把它凑到眼前。[3]”

1 肯塔基州之大钟乳洞。——原注

2 1783年在冰岛拉基火山的熔岩流。——原注

3 1766年海克拉火山喷发时，这种黑云便造成了这种程度的天昏地暗，以至在距火山150英里的格劳姆巴城，人们只能摸索着走路。1794年维苏威火山喷发时，200英里之外的卡塞塔居民只能举着火把行走。1812年5月1日圣文森特岛上一座火山喷出的火山灰遮蔽了整个巴巴多斯，将其笼罩在一片黑暗之中，以至中午在户外人们也看不见身边的树和其他物体，甚至把白手绢凑到眼前6英寸处也没法看见。（引自休·默里《地质学百科全书》费城版215页）——原注

“哼！”国王说。

“离开那片海岸之后，海兽继续它的航行，直到我们抵达了另一个国家。那个国家的事情好像都被颠倒，因为我们在那儿看见一个大湖，在距水面100多英尺深的湖底，枝繁叶茂地生长着一座巨大的森林。[1]”

“胡说！”国王道。

“又往前行了数百英里，我们来到了一个地方，那里的空气密度之大能支撑住钢铁，就像我们的空气能支撑住羽毛。[2]”

“胡扯！”国王说。”

“仍然朝同一方向航行，不久我们到达了这个世界上最壮美的地区。一条数千英里长的大河蜿蜒其上。这条河深不可测，河水比琥珀还透明。河宽3英里至6英里不等。两边直立陡峭的河岸高达1200英尺，河岸上长满了四季开花的树和终年芬芳的花，这使那整个地区宛若一座姹紫嫣红的花园。但这片美丽的土地名叫恐怖王国，误入其境的人都必死无疑。[3]”

---

1 1790年，在加拉加斯的一场地震中，一大片花岗岩地面下陷，形成一个直径800码、深度80至100英尺的湖。下陷地面正是阿里波森林之一部分，树木之苍翠在水下保持达数月之久。（引自休·默里《地质学百科全书》费城版211页）——原注

2 在氢氧吹管的作用下，最硬的钢也会被化为无形的粉末，这样便可轻易地浮在空气中。——原注

3 尼日尔地区。（参见西蒙德的《殖民地杂志》）——原注

“哼！”国王说。

“我们匆匆离开了这个王国，几天之后又到了另一个国度，在那儿我们惊奇地看到了无数怪物，它们头顶上的角犹如长柄镰刀。这些可怕的怪物在土中为它们自己掘出巨大的漏斗形洞穴，沿洞穴边壁一块叠一块地堆上石头，其他动物一踏上，石头便会倒塌，这样那些动物就猛然跌进怪物的洞穴，它们的血马上被吸干，而它们的尸骨则随之被抛到离这些死亡之洞老远的地方。[1]”

“呸！”国王说。

“继续朝前航行，我们在一个地方看到有许许多多的植物不是生长在土地之上，而是生长在空气之中。[2]另外还有一些从其他植物的体内长出，[3]另有一些则从活

1 狮蚁。“怪物”一词对或大或小的怪异之物均同样适用，而“巨大”这种性质形容词不过是相对而言。狮蚁之洞穴与普通红蚁的洞穴相比较可谓巨大。同样，一粒硅土也可被称为一块“石头”。——原注

2 附生兰，属兰科，生长时根部表面附着于树木或其他物体，但并不从附着物中吸收养分，其所需养分全由空气供给。——原注

3 寄生植物，例如生长于马来半岛的神奇寄生草。——原注

着的动物身上获取养分。[1]此外，还有一些生长时周身发出火光，[2]另有一些则随心所欲地从一个地方挪到另一个地方。[3]最奇妙的是，我们还发现一种花能按自己的意愿生长、吐香并摇动枝梗，更有甚者，它们还具有人类那种奴役其他生物的邪恶欲望，它们把被奴役的生物关进可怕的单间牢房，直到被监禁者完成指派的苦役。[4]”

“啐！”国王说。

---

1 斯考韦声称有一类寄生于活动物身上的植物——皮外寄生植物。墨角藻和水藻均属此类。马萨诸塞州赛伦市的J.B.威廉斯先生将来自新西兰的一只昆虫赠给“国家研究院”时附有以下描述：“这只被确认为属珊瑚虫或蠕虫的‘霍特虫’在阔叶红树下被发现时头上长有一株植物。这种最最奇特的虫子爱在当地红树和毛梨树中旅行，它们从树顶钻进，一路啃食树干直至根部，然后钻出树根而死或蛰眠，植物从其头部长出。虫体完好无损，比活着时更硬。当地毛利人从此虫提取文身之染料。”——原注

2 在矿井和天然洞穴中我们均发现一种放射强烈磷光的隐花属真菌。——原注

3 红门兰、山萝卜和苋科属鳞茎草。——原注

4 “这种花（欧洲马兜铃）之花冠呈管状，但其顶端收缩成一舌状细管，底端则膨胀为一个球形。管状部分内壁有一圈较硬的茸毛，毛端朝下。球形部分内包含仅由一个子房和柱头构成的雌蕊，以及环绕于周围的雄蕊。但雄蕊甚至比子房还短，不可能将花粉施于柱头之上，而该花在授粉之前又总是昂首直立。因此，若是没有某种特殊的外力帮忙，花粉必然全部撒落于花冠底部。而大自然为这种情况所提供的援助就是一种名为长脚双翅蜂的小昆虫前来帮忙。这种蜜蜂为采蜜经花冠细管进入球体，四下搜采直到全身沾满花粉，但由于细管内壁的茸毛毛端朝下，就像捕鼠器中的金属丝会聚到一起，双翅蜂无法再原路退出。被囚的双翅蜂急不可耐，东碰西撞寻找出路，直到它一次次碰上柱头，授予柱头足够的花粉使其受精，授粉的结果是花冠开始耷拉下来，茸毛因此而贴向管壁，这样双翅蜂便得以逃生。”（引自帕特里克·基思《植物生理系统》）——原注

“离开那地方之后，我们很快又到了一个帝国，那里的蜜蜂和飞鸟都是学识渊博的天才数学家，所以它们每天都为那个帝国的聪明人讲授几何学。该国皇帝曾悬赏求解两道很难的难题，结果两题均被当场解答——一题是由蜜蜂，而另一题是由飞鸟。但皇帝对它们的答案秘而不宣，只是在经历了许多个年头，进行了最深入而艰辛的研究，并写出了一部巨著之后，人类数学家才终于求出了曾被蜜蜂和飞鸟当场给出的那两个答案。[1]”

“喔！”国王说。

“那个帝国刚刚从我们的视野消失，我们发现自己又接近了另一个国家的海岸，那里有一大群鸟从我们头顶上飞过，那个鸟群有 1 英里宽，240 英里长，所以，尽管它们每分钟飞行 1 英里，整个鸟群也花了整整四个小时才完全飞过我们的头顶。这群鸟的数目至少有

1　蜜蜂，自从其存在以来，建筑其蜂巢就一直采用这样一种边、这样一种数、这样一种倾斜角度，这些边、数、角（在一个牵涉最深奥的数学原理的问题中）已被证明正是蜂巢结构具有最大坚固性和具有最多空间这个统一性所需要的最合理的边、数和角。在上个世纪末期，数学家们提出了这样一个问题：“根据风车之风篷离转动翼以及旋转中心的变化距离，确定出风篷最合理的形态。”这是一个极其复杂的问题，因为换一种说法，这个问题就是要在一段无限变化的距离和无数个支点当中找出一个最佳位置。许多最杰出的数学家的上千次尝试都归于失败。但这个问题最终得到了一个无可争辩的最佳答案，因为人们发现，自从天上有飞鸟以来，鸟的翅膀就早已经给出了这个绝对精确的位置。——原注

好几个百万的百万。[1]”

“噢！”国王说。

“我们刚一摆脱那个给我们带来不少麻烦的巨大鸟群，马上又惊恐地看到了另一种鸟，这是一只其大无比的巨鸟，比我在前几次航行中所见到过的那种神鹰还大。哦，最慷慨的哈里发，它比你王宫顶上最大的圆屋顶还大。我们发现这种可怕的鸟没有脑袋，而且整个身子全由肚皮组成，那个又大又圆的肚皮看上去软绵绵，光溜溜，亮闪闪，而且有五颜六色的条纹。那只怪鸟的利爪抓着一间房子，它正带着那房子飞往它天上的巨巢。那间房子的屋顶已被掀掉，我们清楚地看见了屋里的那些人。毫无疑问，他们正在为等待着他们的可怕命运而感到恐惧和绝望。我们竭尽全力高声呐喊，希望能吓得那只鸟丢下它的捕获物，但它只是哼了一声或啐了一口，仿佛感到非常生气，然后它把一个重重的口袋丢到我们头上，后来我们发现口袋里装的是沙子！[2]”

“瞎说！”国王道。

---

1 他在法兰克福和印第安纳之间曾观察到一大群鸽子飞过，鸽群至少有1英里宽，它们全部通过用了四个小时。以每分钟飞行1英里计算，鸽群长度为240英里；假若每只鸽子占1平方码空间，整群鸽子多达22亿只。（F. 霍尔中尉《加拿大与美国之旅》）——原注

2 怪物指气球，被它抓住的房子是吊舱，被它抛下的是压舱沙袋。

“正是在这次冒险之后，我们遇上了一块非常辽阔而且坚如磐石的陆地，可是那块陆地整个儿被驮在一头母牛背上，那头母牛是天蓝色，而且至少有 400 只角。[1]”

“这我倒相信，”国王说，“因为我从前在一本书里读到过这样的事。”

“我们直接从那块陆地下穿过（从那头母牛的腿之间游过），几个小时之后，我们来到了一个实在非常奇妙的国家，那个寄生人告诉我，那儿就是他的故乡，居住着和他一样的同类。这极大地提高了那个寄生人在我心目中的位置。实际上，我当时开始为我对他极不尊重而感到羞愧，因为我发现寄生人大体上是一个最有魔力的魔术师民族，他们让虫子生存于他们的大脑之中，[2] 而毫无疑问，虫子痛苦的挣扎扭动有助于刺激他们的想象力，使其达到最神奇的效果。”

“瞎扯！”国王说。

“这些魔术师驯养了几种非常奇怪的动物，例如有一种巨大的马，它的骨骼是钢铁，血液是沸腾的水。它通常的饲料不是燕麦，而是黑色的石块。然而，尽管它的食物那么粗糙，但它却体格健壮，快步如飞，

---

1 “大地由一头有 400 只角的天蓝色母牛驮负。”（引自《古兰经》）——原注

2 体内寄生虫或肠虫已屡次在人的肌肉和大脑质中发现。（参见怀亚特著《生理学》第 143 页）——原注

它能拉动比这座城市最大的神庙还重的货物，跑起来比飞得最快的飞鸟还快。[1]”

“简直是梦话！”国王说。

“另外，我在那些人当中还看见了一只没有羽毛但比骆驼还大的母鸡。这只母鸡以钢铁和砖块代替了骨和肉。同那匹马一样（实际上它们几乎可以说是亲戚），它的血液也是沸腾的开水，它也是除了木头和黑石块别的什么也不吃。这只母鸡常常在一天内孵出 100 只小鸡，小鸡孵出后有好几个星期都待在母鸡的怀抱里。[2]”

“骗人！”国王说。

“这些非凡的魔术师当中的一位还用黄铜、木头和皮革造出了一个人，他把那个人造得非常机巧，以至他下起棋来天下无人是他的对手，[3] 只有伟大的哈里发何鲁纳·拉施德例外。这些魔术家中的另一位（用相同的材料）造出了一个家伙，那家伙甚至让它的创造者也自惭形秽，因为它的思考能力是那么强，以至它在一秒钟内进行的运算需要 5 万人花上整整一年才能

1　在大西部铁路线伦敦至埃克塞特区间，火车时速已达 71 英里。一列载重 90 吨的火车从普丁顿到迪德科特（53 英里）只用了 51 分钟。——原注

2　1844 年在纽约展出的一种孵化器。——原注

3　梅尔泽尔发明的自动下棋机。——原注

够完成。[1]但还有一位魔术师更加令人称奇，他为自己造了一个了不起的玩意儿，那玩意儿既不是人，也不是野兽，但它有用铅做的头脑，其间混有一种像是沥青的黑东西，此外它还有灵巧得令人难以置信的手指，用那样的手指，它在一小时内可以毫不费力地抄出2万本《古兰经》，而且所有的抄本都写得完全一模一样，以至于一本书与另一本书之间竟找不出哪怕是头发丝那么细的一点差异。这玩意儿具有极大的威力，它可以不费吹灰之力就建立或推翻最强大的帝国，但它的力量既可以用来行善，也可以用来作恶。”[2]

“荒唐！”国王说。

“这些魔术师当中还有一位血管里流的是火蛇，因为他可以毫无顾忌地坐下来把他的长烟管伸进烤炉猛抽，直到他的晚餐在炉板上完全烤熟。[3]另一位魔术师具有点铁成金的本领，在其变化过程中他连看都不看一眼。[4]另有一位其触觉是那样敏感，以至于他能让一

---

1 查尔斯·巴比奇发明的计算机。——原注

2 印刷机在19世纪三四十年代得到极大的改进。

3 吐火魔术师沙贝尔（John Xavier Chabert），以及他之后的上百人。——原注

4 电铸术。——原注

根金属丝细得看不见。[1]另一位则具有极其敏锐的知觉力，他能数清一个弹性物体的全部运动，哪怕这个物体以每秒钟 9 亿次的频率来回弹跳。”[2]

“荒谬！”国王说。

“这些魔术师中的另一位，凭借一种从来没人见过的液体，能使他朋友的尸体踢腿挥臂，打架搏斗，甚至站起来随意跳舞。[3]另一位把他的声音练得那么响亮，以至于他在地球一端说话另一端也能听见。[4]另一位有一条非常长的手臂，以至他人坐在大马士革而手却能在巴格达写信（实际上无论多远的距离他都能这样做）。[5]另一位命令闪电从天上到他身边，闪电遵命而来，供他作玩物。另一位用两个响亮的声音制造了一片寂静。

1 为造望远镜镜头，威廉·海德·沃拉斯顿用白金锻制出了只有 18‰英寸那样细的金属丝。这种细丝只有用显微镜才能看见。——原注

2 牛顿证明，视网膜在紫色光的影响下，每秒钟振颤 9 亿次。——原注

3 伏打电堆。——原注

4 电报在一瞬间传达信息，至少在地球上的任何距离内可以这样认为。——原注

5 电文打印机。——原注

另一位用两道耀眼的光制造了一片黑暗。[1]还有一位从炽热的熔炉里造出了冰。[2]另一位则命令太阳为他画像，而太阳从命。[3]另外还有一位把太阳、月亮和其他星体一并揽到手，先是非常精确地称出它们的重量，然后又刺探它们内部深处，并发现了构成它们的物质之密度。不过那整个种族的确是具有非常惊人的魔力，所以不仅连他们的孩子，甚至连他们普通的猫狗都可以轻而易举地看见压根儿就不存在的物体，或者说看见在他们那个种族诞生之前2000万年就已经从宇宙表面

---

1 普通物理学实验。如果两道红光从不同光源点射入一暗室并汇聚于一白色表面，而其波长相差0.0000258英寸，它们的亮度增加一倍。如果其波长差是上述小数的任何整数倍数，结果也是如此。假若该小数变成其21/4倍、31/4倍……结果会只剩下一道光的亮度；但若变成其21/2倍、31/2倍……结果就是一片黑暗。当两道紫色光的波长差为0.0000157英寸时，也会产生上述结果。这种结果对其他各色光也是一样，其波长差按从紫色到红色的相同比值增加。对声音进行类似的实验可得到类似的结果。——原注

2 置铂坩埚于酒精灯上，使其炽热，倒入一定量硫酸，硫酸在常温下虽然极易挥发，但在炽热的坩埚里则会被发现变得完全稳定，一点也不挥发。事实上，由于被其自有的一层空气包围，硫酸并未接触坩埚表面。这时加入几滴水，酸立即与炽热的埚面接触，并化为硫酸气急速挥发，由于挥发速度极快，结果把水的热量也一并带走，失去热量的水变成冰留在埚底。抓住其融化之前的一瞬间机会，便可从炽热的熔埚中取出冰块。——原注

3 银板照相术。——原注

被抹去了的东西。”[1]

“荒谬绝伦！”国王说。

“这些法力无边、聪明无比的魔术师的妻子们和女儿们，”山鲁佐德继续往下讲，毫不理会她那位缺乏教养的丈夫的再三打岔，“这些杰出的魔术师的妻子们和女儿们，她们可全都多才多艺，温文尔雅。若不是被一种不幸的灾祸袭扰，她们可称得上最最有趣，最最漂亮，而她们的丈夫和父亲所具有的魔力也一直没法把她们从那种灾祸中解救出来。灾祸出现的形式非此即彼，但我所讲的这种灾祸却是以一种怪念头的形式出现。”

“一种什么？”国王问。

“一种怪念头。”山鲁佐德说，“有一位总在伺机作恶的恶魔把这个怪念头放进了那些优雅女士的脑袋，使她们认为我们所形容的人体美完全在于腰背下面不远之处隆起的那个部位，她们宣称，美丽可爱与那个

1 虽然光的传播速度是每秒 16.7 万英里，但天鹅座 61 号星（唯一被测定了距离的恒星）之遥远仍然是那么难以想象，它发出的光竟然需要 10 年以上才能到达地球。至于那些更远的星体，估计需要 20 年乃至 1000 年也许并不为过。所以，即使它们在 20 年前或 1000 年前就已经湮灭，我们今天仍能凭它们在湮灭之前发出的光而看见它们。我们每天所看见的星星有许多实际上已经湮灭，这种情况并非不可能——甚至很可能是事实。老赫歇尔声称凭他的大型天文望远镜所观测到的亮度最弱的星系，其光到达地球肯定经历了 300 万年。那么，被罗斯勋爵的望远镜所观测到的一些星系，其光到达地球至少也得 1000 万年。——原注

部位的隆高程度成正比。由于那些女人长期拥有这种观念，加之那个国家的枕垫又非常便宜，所以要区分一个女人和一头单峰骆驼的可能性在那个国度已早就不复存在……”

“住口！”国王说，“我再也听不下去了，也不想再听。你这些谎言早已经使我头痛欲裂。再说，我发现天已经在开始亮了。我们结婚已有多久了？我的良心又在感到不安。还有就是你说的单峰骆驼。你把我当傻瓜？总而言之，你最好是起床去准备被勒死。”

正如我从《喻吾是与否》一书所得知，这些话令山鲁佐德既伤心又惊讶。但是，她知道国王是一个认真而诚实的人，不大可能收回他说出的话，所以她非常爽快地顺从了她的命运。不过当脖子被越勒越紧之时，她从沉思中得到了极大的安慰，她想到还有许多故事没来得及讲，想到她残忍而性急的丈夫已经遭到了应得的报应，因为他再也听不到那许许多多令人难以想象的冒险故事。

四不像——长颈鹿人

人皆有其德。

——克雷比永《泽尔士王》

安条克·厄庇菲涅斯[1]极为普遍地被看成是先知以西结所预言受罚的歌革[2]。然而，这一殊荣更适合归属于居鲁士大帝之子冈比西。实际上，那位塞琉西国王的声望根本不需要什么外加的修饰。他在基督降生前171年对王位的继承，或确切地说对王位的僭夺，他在厄斐索斯欲劫掠狄安娜神庙的企图，他对犹太人不共戴天的敌视，他对犹太神殿中至圣所的亵渎，以及他在风雨飘摇的11年统治之后在塔巴的不幸身亡，都属于那种惊天动地的业绩，因此格外地受到他那个时代的历史学家们的普遍注意，相比之下，那些构成他私

1 即塞琉西王国国王安条克四世（在位期公元前175—公元前164），曾入侵耶路撒冷，镇压马加比起义，屠杀犹太人。作者借古喻今，暗讽有“印第安人杀手”之称的美国第7任总统安德鲁·杰克逊。

2 上帝命先知以西结预言歌革终将被惩罚之事见于《旧约·以西结书》第38—39章。

人生活和个人声誉之总和的邪恶的、怯懦的、残酷的、愚蠢的、古怪的成就，便相对被忽略了。

* * * * *

尊敬的读者，让我们假定现在是世元 3830 年[1]，让我们暂时想象我们此刻正置身于人类那个最奇异的居所，盖世无双的安条克城。诚然，除了我特意提到的这一座，在叙利亚和其他国家还有 16 座城市叫那个名字。但我们这一座通常叫作安条克 · 厄庇达佛涅，因为它毗邻达佛涅小村，那里矗立着祭奉那位神的庙宇。此城是由继亚历山大之后那个王国的第一任国王塞琉古 · 尼卡多为纪念他的父亲安条克而建造的（虽然此说尚有争议），并马上就成了塞琉西王国的都城。在罗马帝国强盛时期，这里是该帝国东方行省行政长官的常规驻地；许多罗马皇帝（其中特别值得一提的是韦吕斯和瓦伦斯）在这儿度过了他们大部分的时光。不过我想我们已经来到了这座城市。现在让我们登上城墙，放眼眺望市区和周围的乡村。

“那条又宽又急、有无数瀑布的河是什么河，它奔腾着穿过多山的旷野，最后又穿过那一大片建筑？”

那是奥伦特河，除了南边 12 英里外如明镜般铺开

1 “世元”全称为“创世纪元”，即从《圣经 · 旧约》记载的上帝“创世”开始的纪年。

的地中海，它就是我们视线内唯一的水。人人都已见过地中海，但让我来告诉你，很少有人见过安条克古城。我说的很少是指你我这种既受过现代教育又同时能参观这座城市的人。所以别去看地中海，集中心思来看看我们脚下那些鳞次栉比的房屋。你一定要记住现在是世元 3830 年。若是往后，譬如说，假若是现在的公元 1845 年，我们就见不到这番奇妙的景象。在公元 19 世纪，安条克已是（应该说安条克将是）一幅可悲可叹的衰败景象。经历了三个不同的时代，遭受了三场连续的地震，那时的安条克早已彻底毁灭。说实话，到那个时候，这座城市留下的将只有残垣断壁、满目凄凉，而那位统治者也早把他的京城迁到大马士革去了。这很好。我看出你已经采纳了我的建议，正用你大部分的时间在观看我说的那些房屋……

……就让你饱饱眼福吧，

看看这座名扬天下的城市

那些值得纪念的名胜古迹……[1]

对不起，我刚才忘了莎士比亚还要等 1750 年才会

1 语出莎士比亚《第十二夜》第 3 幕第 3 场第 22—24 行，但在莎剧中，“让你饱饱眼福”应为“让我们饱饱眼福”。

享有盛名。不过，这厄庇达佛涅城的面貌不正好说明我称它为奇观异景是正确的吗？”

“它可真称得上金城汤池，而这一点既得利于人工又受惠于自然。”

非常正确。

“这儿有多得惊人的雄伟的殿宇。”

的确如此。

“而这些数不清的神庙，华丽而庄严，堪与最值得赞颂的古迹媲美。”

这一切我都得承认。可那边仍有比比皆是的泥棚屋、令人生厌的小茅舍。我们不免会想到那每一间陋室里的污秽龌龊，要不是敬神的香火那浓烈的气味，我相信我们会闻到一种最难以忍受的恶臭。你见过这种窄得令人无法容忍的街道吗？你见过这种高得令人不可思议的房屋吗？它们的阴影把这地面遮得多么黑暗！幸好那些望不到尽头的柱廊里有大量的灯终日点着，不然我们就该尝尝埃及蛮荒时代黑暗的滋味了。

“这真是一个奇妙的地方！那边那个奇怪的建筑是用作什么的？你看！它比别的建筑都高，就在我认为是王宫的那座建筑东边。”

那是新建的太阳神庙。塞琉西人崇拜太阳神，称其为厄拉·伽巴拉。以后将有一位大名鼎鼎的罗马皇帝把这种崇拜带到罗马，并由此派生出一个罗马姓氏希利伽巴拉。我敢说你很想见识见识那庙里的神。你用不着往天上看，他的光明不在天上，至少塞琉西人所崇拜的光明不在那儿。你到神庙里就能感受到那种神性。受崇拜的神像是一根巨大的石柱，顶端是圆锥形或金字塔形，以此来象征火。

“你听！你瞧！那些滑稽的家伙，几乎赤身裸体、把脸涂得花里胡哨、正手舞足蹈对着贱民嚷嚷的家伙，是干什么的？”

他们中有少数是江湖术士，其他有些属于哲学家的圈子，但绝大多数，尤其是那些挥舞棍棒痛打贱民的人，则是宫中的大臣，他们正在执行国王的命令，一种值得赞美的诙谐。

“可我们听到的是什么声音？天哪！这城里到处都是野兽！多可怕的奇观！多危险的异景！”

你想害怕就尽管害怕，可这儿丝毫也没有危险。如果仔细瞧瞧，你就会发现每一头野兽都一声不吭地跟在主人身后。虽然有少数脖子上系着绳子由主人牵着，不过它们基本上是那些个头和胆子都较小的种类。狮子、老虎和豹子则全然是无拘无束的。这些野兽被轻而易举地驯化来从事它们现在的职业，充当它们尊敬的主人的贴身仆从。不错，也有大自然维护她被侵犯的主权的时候；但在厄庇达佛涅城，吞噬一名士兵或撕碎一头祭神的牛几乎都是区区小事，不足挂齿。

“可我听到了什么异乎寻常的喧嚣？即便对安条克城来说那声音也太吵！这说明肯定发生了重大骚乱。”

是的，毫无疑问！国王已经下令开辟某个新的景点，也许是竞技场的格斗表演，或许是屠杀塞西亚俘虏，或许是焚烧他新修的那座宫殿，或许是拆毁一座漂亮的神庙，甚至是要烧死一些犹太人。喧嚷之声越来越大。欢呼笑语响彻云霄。管乐的吹奏啁哳难听。万众的呐喊沸天震地。好吧，让我们下去凑个热闹，看看到底发生了什么事！这边走。小心！现在我们已到了主要街道，这条街名叫提玛库斯街。人群的海洋正往这边流来，我们在那人流里将很难穿行。他们正通过赫拉克利德胡同，那条胡同直接连着王宫；所以国王很可能就在狂欢的人群之中。果不其然，我听见传令官正用东方特有的华丽而夸张的措辞高声宣布他的驾临。待会儿他从阿什玛神庙经过时，我们就可以一睹他的风采。让我们先在这神庙门口歇歇，他马上就会过来。我们趁此机会来看看这尊神像。这是什么？哦，这就是阿什玛神。不过你看，他既不是羔羊也不是山羊；既不是半人半羊神萨蹄尔也不大像阿卡迪亚的潘神。然而这些外观都被……对不起，都将被未来世纪的学者们给予塞琉西人的阿什玛。戴上你的眼镜，请告诉我它是什么。它是什么？

“天哪！它是只猿！”

对，是一只狒狒，但这丝毫不减少它一分神性。它的名字是从希腊语类人猿派生而来的。[1] 博古家们都是些多蠢的家伙！可你看！看！那边有个衣衫褴褛的小孩在奔跑。他要上哪儿去？他在叫喊什么？他在说些什么？哦！他说国王正盛装凯旋；他说国王刚才亲手杀死了 1000 名被铁链捆着的以色列俘虏。此刻人群正在赞颂他的这一丰功伟绩。你听！过来了一支整整齐齐的队伍。他们已创作出一首拉丁赞歌来颂扬他们国王的英武神勇。你听，他们正一边走一边唱。

Mille, mille, mille,
Mille, mille, mille,
Decollavimus, unus homo!
Mille, mille, mille, mille, decollavimus!
Mille, mille, mille!
Vivat qui mille mille occidit!
Tantum vini habet nemo

1 阿什玛神（Ashimah）在希伯来语中意为“罪孽”，Ashimah 与希腊语 Σιμια（Simia，类人猿）读音相似，故有此谐。

Quantum sanguinis effudit![1]

这首歌可以这样翻译：

一千，一千，一千，
一千，一千，一千，
我们只消一名勇士就全部杀完！
一千，一千，一千，一千，
让我们高唱千遍千遍！
来呀！——让我们高唱
我们的国王陛下千年千千年，
他消灭了那么优秀的一千！
来呀！——让我们呐喊，
他给予我们的红色血浆
车载斗量，遍野满山，
比塞琉西的酒浆还多万万千千！

“你听见喇叭响亮的吹奏声吗？”

听见了，国王正走过来！快看！人们崇拜得都呆

1 据弗拉维乌斯·沃庇斯库斯在《罗马帝王传》中的记载，这首拉丁语赞歌唱的是罗马皇帝奥勒良，据说他在萨马尔特战争中独自杀敌 950 人。——原注

了，都敬畏地抬眼望着天上。他来了！他来了！他在那儿！

“谁？在哪儿？国王？我看不见。我没看见他。”

那你一定是眼瞎了。

“很有可能。但我还是只看见一大群欢腾的白痴和疯子，他们正手忙脚乱地拜倒在一只巨大的长颈鹿跟前，都拼命要去吻一吻那家伙的蹄子。瞧！那动物正不偏不倚地挨个儿踢那些贱民，一个，又一个，再一个。说实话，我真忍不住赞叹那动物如此优雅地使用它的蹄子。”

贱民，真的吗！那些人就是厄庇达佛涅的贵族和自由民！动物，真的吗？当心别让这话被人听见！你难道没看见那动物有一副人的面孔吗？告诉你，我亲爱的先生，那只长颈鹿正是东方最有权势的暴君，塞琉西王国的国王，辉煌者安条克，安条克·厄庇菲涅斯！当然，他有时被人称为凶神安条克，疯子安条克，但那是因为并非人人都能欣赏他的丰功伟绩。不错，他眼下正藏在一张兽皮里，尽力扮演一只长颈鹿的角色；但这样做是为了更好地维持他作为国王的尊严。再说，国王身躯高大，那身兽皮盛装对他来说既不会太小也不会太大。不过我们可以猜想他只是在某种场合才穿这身兽装。你得承认，现在就是刚杀了1000名犹太人的特殊场合。国王匍匐巡行是多么威风八面！你看，他的尾巴由他的两名爱妃爱丽娜和阿姬莱丝捧着；要不是他那双几乎从头上蹦出的圆鼓鼓的蛤蟆眼，要不是他脸上那种由于醉酒而难以形容的奇怪颜色，他的整副模样倒是挺招人喜欢的。让我们跟着他去他正要去的竞技场吧。让我们听听他正在唱的那支祝捷歌吧：

除了厄庇菲涅斯谁为王？
你说——你可知晓？
除了厄庇菲涅斯谁为王？
真好！——真好！
除了我厄庇菲涅斯国王，
没有人——再没有人
这样撵走那轮太阳，
如此拆毁那些神庙！

优美而热情奔放的歌！人群正在朝他欢呼，不仅称他为“东方的光荣”“宇宙的欢乐”“最杰出的长颈鹿”，还称他为“诗坛巨擘”。他们要求他再唱一遍。听见了吗？他又在唱那支歌。等他到达竞技场后，他将被戴上诗人的桂冠，人们期待他在即将来临的奥林匹克竞赛会上获得此项胜利。

“可我的天哪！我们身后的人群是怎么回事？”

你说我们身后？哦！呀！我明白了。朋友，你说得可正是时候。让我们赶紧找个安全的地方吧。就在这儿！我们藏到那拱形导水管下边去，我马上就告诉你这场暴动的原因。这和我预料的完全一样。似乎是那长颈鹿有个人头的古怪模样触犯了驯养在这座城里的那些野兽大体上遵从的礼仪观念。造反就是其必然结果，而通常在这种情况下，所有的人力都不足以镇压那些暴徒。有几个塞琉西人已经被吞掉了，但那些四足爱国者的共同呼声似乎是要吃掉那只长颈鹿。所以，“诗坛巨擘”已直起身来，用他的两条后腿逃命，他的大臣们纷纷弃他于不顾，他的爱妃也努力学习大臣们树立的榜样。“宇宙的欢乐”哟，你落到了悲惨的境地！“东方的光荣”哟，你陷入了被撕碎的危险！所以，你千万别去顾你那条可怜的尾巴；它当然会在污泥中拖脏，但这是没有办法的事。那就别回头去看它不可避免的丢人现眼，而是鼓足勇气，奋力奔跑，跑向那座竞技场！记住你是安条克·厄庇菲涅斯，辉煌者安条克！你还是“诗坛巨擘”、“东方的光荣”、“宇宙的欢乐”和“最杰出的长颈鹿”！天哪！你展示出多强的奔跑能力！你显现出多棒的逃命本领！跑哇，巨擘！好哇，厄庇菲涅斯！真棒，长颈鹿！光荣的安条克！他跑！他跳！他飞！他像支离弦之箭冲到了竞技场！他跳跃！他尖叫！他终于到了！这下可好，“东方的光荣”，因为你抵达竞技场大门时已足足迟了半秒，这下厄庇达佛涅的任何一头熊仔都会慢慢撕咬你的尸体。我们走吧！让我们离开这地方！因为我们会发现，我们脆弱的现代化耳朵将难以忍受即将开始的庆祝国王逃跑的震天欢呼！听！那声音已经开始。看！全城都乱七八糟。

“这肯定是东方人口最多的城市！多么浩渺的人山人海！多么纷乱的三教九流！多么繁杂的教派种族！多么斑驳的衣帽服饰！多么混乱的南腔北调！野兽的吼叫多么惊心！管乐的奏鸣多么刺耳！还有多蠢的一群哲学家！”

得啦，咱们走吧！

“稍等片刻！我看见竞技场内骚动不安，请告诉我，那是怎么回事？”

怎么回事？哦，没事！厄庇达佛涅的贵族和自由民，如他们宣称的一样，本来就对他们国王的忠臣、勇气、智慧和神威深信不疑，刚才又目睹了他超人绝神的轻快敏捷，于是觉得他们应义不容辞地给他戴上（除了诗人的桂冠外）赛跑冠军的花环，一个他在下届奥林匹克竞赛会上肯定会获得的花环，现在他们就提前给他戴上了。

耶路撒冷的故事

一个浑身鬈毛的讨厌之物。

——卢卡努斯《论加图》

"我们快去城墙吧，"埃比勒－菲迪姆在世元3941年塔慕兹月[1]的第十日对布兹－本－列维和法利赛人西缅说，"让我们快去大卫城下雅闵门旁那段城墙，去俯视那些异教徒的军营；因为这已是四更的最后一个小时，太阳正在升起；为了履行庞培的那个诺言，那些异教徒说不定正带着献祭的羔羊等着咱们呢。"

西缅、埃比勒－菲迪姆和布兹－本－列维是圣城耶路撒冷的吉兹巴里姆，或者说是搜集祭品的助理搜集官。

"说得对，"那个法利赛人[2]应答道，"我们快去。因为异教徒的这种慷慨真是少有，那些信奉邪神的异教

1　塔慕兹月指犹太教历的4月，共29天，相当于公历的6月至7月间。

2　公元前2世纪至公元2世纪犹太教的一派，标榜墨守传统教规。在基督徒的心目中，法利赛人是假冒伪善的代名词。

徒的天性历来都是反复无常，背信弃义。”

“他们的反复无常、背信弃义就像《摩西五经》一样真实，”布兹－本－列维说，“不过他们是冲着主的信徒。我们是何时知道的，那些家伙原来是想自己捞好处？我认为，他们收30块银币才给我们一头用来供奉我主祭坛的羊羔，这真说不上是慷慨！”

“可你忘了，本－列维，”埃比勒－菲迪姆回话说，“那个正包围并亵渎这座圣城的罗马人庞培并不相信我们会把买来的羊羔作为献给主的祭品，而不会作为饱口福的美味。”

“那么，凭着我这把胡须的五个角，”法利赛人高声嚷道，他属于那个被称为“猛冲者”的教派（那一小群圣徒喜欢在碎石路上匆匆而行，任凭脚被碎石划破，而这种行为使那些不那么狂热的信徒长期蒙受耻辱，如坐针毡，也成了那些不那么有天赋的闲荡者的障碍），“凭着我这把作为祭司而被禁止剃掉的胡子的五个角！难道我们活着就是为了看到有朝一日让一个亵渎神明、崇拜邪魔的傲慢的罗马人告发我们擅自盗用最神圣的祭品来满足我们肉体的食欲吗？难道我们活着就是为了看到有朝一日……”

“我们就别去管那个非利士人[1]的动机，”埃比勒-菲迪姆打断了西缅的嚷嚷，“因为我们今天是第一次利用他的贪婪，或利用他的慷慨；但我们最好是快去城墙吧，以免那个天雨浇不灭其香火、风暴吹不散其烟柱的圣坛缺少了祭品。”

我们可敬的祭品搜集官正匆匆前往的那个城区坐落在巍峨陡峭的锡安山上，以其建筑者大卫王命名，被认为是耶路撒冷最壁垒森严的地方。一道从岩石上开凿出来的又宽又深的壕沟环绕城区，一道坚固的城墙从壕沟内沿拔地而起，城墙上每隔一段距离便有一座用白色大理石砌成的塔楼，最矮的有60肘尺[2]，而最高的达120肘尺。但在卞雅闵门附近，城墙并不是筑在壕沟边。与此相反，在壕沟的水平面和城墙的基座之间是一道高达250肘尺的绝壁，这道绝壁成了险峻的摩利亚山[3]的一部分。所以，当西缅和他的两个伙伴登上那座名为亚多尼比色的塔楼——那是环绕耶路撒冷的塔楼中最高的一座，是与围城敌人对话时常用的地方——他们是从一个极高的高处俯瞰敌人的营房，

---

1 非利士人是起源于爱琴海的古民族，公元前12世纪（以色列人到达之前）曾定居于迦南南部海岸（今加沙走廊及以北地区）。

2 肘尺，古代西方的一种长度单位，等于一般成人从中指指尖到肘的长度，约等于43至56厘米。

3 摩利亚山即锡安山，又称圣殿山。

那高处比胡夫金字塔还高出许多，比柏罗斯神殿也高出一头。

“果不其然，”那个法利赛人头昏眼花地从绝壁之上朝下眺望时叹道，“那些异教徒就像是大海边的沙粒，荒原上的蝗虫！这国王之谷已成了亚都冥谷。”

“不过，”本－列维补充道，“你却不能给我指出一个非利士人，不能，一个也不能。从头到尾，从茫茫旷野到这高高城垛，你根本找不出一个非利士人！”

“把装银币的筐放下来！”一名罗马士兵用沙哑、粗暴的声音从下面高喊，那声音听起来就像来自冥国地府，“快把那些让一位高贵的罗马人费了口舌的该死的银币放下来！你们就是这样表示你们对我们庞培大帅的感激之情吗？是他出于关切才认为应该答应你们纠缠不休的无理要求。福波斯，一位真正的神，已经驾着金马车行驶一个小时了。难道日出时分你们还没到城墙上吗？见鬼！难道你们认为我们这些世界的征服者是无事可做才在这狗窝的墙角站着傻等，与你们这些肮脏的狗做交易吗？快把筐放下来！我说，当心，你们的银币得够成色，够分量！”

“主啊！”当那个罗马人的喧嚷声顺着绝壁传来又朝着神庙消失之际，法利赛人失声问道，“主啊！福波斯神是谁？那个异教徒在呼唤谁？你，布兹－本－列维，你读过那些异教徒的法典，又曾旅居于那些亵渎我们神像的人当中！你说，那个异教徒说的是不是匿甲！或是亚示玛？或匿哈？或他珥他？或亚得米勒？或亚拿米勒？或疏割比讷？或半人半鱼神？或邪恶之神？或菲尼基人的邪神，异神，魔神？”

“都不是。不过你得当心别让绳子太快地滑出你的指间，万一那柳条筐挂上那块突出的巉岩，圣殿之圣物就会不吉祥地倒出。”

靠着一架简单粗糙的机械装置，那沉重的柳条筐被小心翼翼地放到了下面的人群中。从那令人头昏目眩的高处朝下望，只见那群罗马人乱哄哄地围住了柳条筐，但由于位置太高，雾又太浓，看不清墙下的具体情形。

半个小时早已过去。

“我们会赶不上祭典的，”法利赛人长叹一声，随即又朝那深渊望了一眼，“我们会赶不上祭典的。我们将被解职。”

“完了，”埃比勒－菲迪姆应和道，“我们将再不会过豪华奢侈的生活。我们的胡须将再不会有乳香的气味。我们的腰间将再不会系上神庙赐给的上等亚麻腰带。”

“这群废物！”本－列维破口骂道，“这群废物！难道他们要骗取买祭品的银钱？要不，神圣的摩西！他们是不是正在称我们圣殿银币的分量？”

“他们终于发信号了，”法利赛人喊道，“他们终于发信号了！快拉绳，埃比勒－菲迪姆。还有你，布兹－本－列维，快拉！因为不是那些非利士人还拽着筐子，就是主让他们的心软了，让他们往筐里放了一头够重量的牲口！”他们开始往上拉绳，那沉重的柳条筐穿过越来越浓的雾慢慢上升。

“快看！”一个小时之后，当绳端之物已依稀可见之时，本－列维张嘴惊呼道。

“快看！真可耻！那是头来自隐基底丛林没有阉过的公羊，就像约沙法山谷一样丑陋！”

“那是只头胎羊羔，”埃比勒－菲迪姆说，“从它那咩咩的叫声，从它被缚的四条惹人怜爱的腿，我知道它是头胎羊羔。它的眼睛比祭司长胸前的宝石更美，它的肉，就像希布伦的蜜一样鲜。”

“那是一头来自巴珊牧场的肥牛犊，”法利赛人说，“这些异教徒待咱们还真不错！让我们放开嗓子唱一首赞美诗！让我们表示感谢，用笛子和巴沙特琴，用竖琴和哈格勃琴，用塞瑟尔琴和七弦琴！”

直到那个柳条筐离他们只有几英尺之时，一阵低低的哼哼声才使他们明白筐里是一头不大不小的猪。

“天哪！”三个人不约而同地眼望苍天，慢慢松开了手中的绳子，那头猪一个倒栽葱跌入下面非利士人群之中，“天哪！主与我们同在！那是令人难堪的肉啊！”

人群中的人

不幸起因于不能承受孤独。

——拉布吕耶尔

据说有那么一部德文书[1]不允许被人读。世上也有那么些秘密不允许被人讲。每夜都有人在自家床上死去，临死前紧握住忏悔牧师苍白的手，乞哀告怜地望着神父的眼睛，随着心灵的绝望和喉头的痉挛与世长辞，这都是因为他们心中包藏着不堪泄露的可怕秘密。唉，人的良心偶尔会承受一份沉重得令人恐惧的负担，只有躺进坟墓才能将其卸下。而所有罪恶之本就因此未能大白于天下。

不久前一个秋日下午将近黄昏的时候，我坐在伦敦D饭店咖啡厅宽敞的凸窗旁边。前几个月我一直健康欠佳，但当时正久病初愈，精力恢复，我觉得自己

1 即本篇故事末尾提到的《幽灵花园》(*Hortulus Animae*)。该书于1500年在德国斯特拉斯堡出版，英国学者迪斯雷利（Isaac D'Israeli，1766—1848）曾在其《文学珍品》(*Curiosities of Literature*，1823）中批评该书有轻薄猥亵的内容。

正处于一种与厌倦截然相反的愉快心境，一种欲望最强烈的心境；那层曾蒙蔽心眼的薄雾一旦飘去，惊醒的理智便会远远超越它平日的状态，会像莱布尼茨那样生动而公正地推理，会像高尔吉亚那样疯狂而浮夸地雄辩。当时我觉得连呼吸都是享受，我甚至从许多正统的痛苦之源中得到真正的乐趣。我感受到一种宁静，但对一切都觉得好奇。嘴里叼着雪茄，膝上摊着报纸，大半个下午我就这样自得其乐，一会儿细读报纸上那些广告，一会儿观察咖啡厅里杂乱的人群，一会儿又透过被烟熏黑的玻璃凝望窗外的大街。

那条大街是伦敦的主要街道，终日里车水马龙，熙熙攘攘。而随着黄昏的临近，人群又不断增加；到灯光闪亮的时候，从咖啡厅门前匆匆而过的行人比白天多了一倍。在黄昏这个特定的时刻，我以前从不曾待在这样一个位置，所以窗外那人头涌动的海洋使我心中充满了一种趣味无穷的新奇感。我最后完全不再理会咖啡厅里的情景，而是全神贯注地望着窗外的场面。

开始我的注意力还有点浮泛。看着熙来攘往的行人，我想到的是他们的群体关系。但不久之后我就开始注意细节，开始饶有兴趣地打量那些形形色色的身姿、服饰、神态、步法、面容以及那些脸上的表情。

行人中很大一部分都显出一种心满意足、有条有理的神态，似乎他们所思所想的就只是穿过那蜂拥的人群。他们的眉头皱在一起，他们的眼睛飞快地转动，被人推搡碰撞之时他们也不急不躁，只是整理一下自己的衣服又匆匆前行。另有数量也不少的一部分人姿态中透出不安，他们脸色发红，走路时自言自语，比比画画，仿佛他们在这摩肩擦背的人流中感到寂寞。当行路受阻时，这些人会突然停止嘀咕，但会比画得更厉害，嘴角露出一种心不在焉且过分夸张的微笑，等着前面挡路的人让开道路。如果被人碰撞到，他们会毫不吝啬地向碰撞者鞠躬，显得非常窘迫不安。除了我所注意到的这些，这两大类人没有更显著的特征。他们的衣着属于那种可被直截了当地称为正派的一类。他们无疑都是些上等人、生意人、代理人、手艺人和股票经纪人——世袭贵族或平民百姓，悠闲自在的人或肩负责任且忙于事务的人。他们没有引起我太多的注意。

职员是人群中一个明显的部分，我看出他们分为引人注目的两类。一类是住寄宿房的低级职员，一群西服紧身、皮靴锃亮、油头粉面、自命不凡的年轻绅士。在我看来，抛开那股因无更恰当字眼形容而只能称为办公室风度的伶俐劲儿，这些人的风度完全是流行于一年或一年半以前的时髦风尚之惟妙惟肖的模仿。他们附庸风雅，拾上流社会之牙慧，而我相信，这是对这一类人最精确的定位。

那些精明强干或“老成持重”的高级职员不可能被人误认。辨认这些人的标志是他们那身剪裁得能很舒服地坐下的黑色或棕色的衣裤，配着白色的领带和西服背心，以及看上去很结实的宽边皮鞋和厚厚的长筒袜或者腿套。他们都有点微微秃顶，右耳朵由于长期夹铅笔而古怪地向外翘着耳端。我注意到他们总是用双手摘帽或是戴帽，总是用一种结实的老式短金表链系表。他们的举止是一种体面人的矫揉造作，如果真有那么体面的矫揉造作的话。

人群中有许多穿得漂漂亮亮的家伙，我一眼就看出他们属于每个大城市都少不了的第一流的扒手。我怀着极大的好奇心观察这些家伙，发现很难想象他们怎么会被真正的绅士们误认为是绅士。他们的袖口宽大得过分坦率，这本该使他们一下就原形毕露。

我曾多次描写过的赌徒也很好辨认。他们穿着各式各样的服装，从铤而走险的骗子恶棍穿戴的丝绒背心、杂色围巾、镀金表链和过分精致的纽扣，到谨小慎微的牧师穿的朴素得不容人起丝毫怀疑之心的教服。识别这些人凭的是他们因酗酒而显得麻木的黝黑脸庞、蒙眬而浑浊的眼睛和苍白而干瘪的嘴唇。此外他们还有两种我通常能据此辨认出他们的特征：一是他们说话时小心谨慎的低调，二是他们的拇指太经常地以直角与其他指头分开。在与这些骗子的交往中，我常常注意到他们虽说习性稍有不同，但毕竟还是一丘之貉。也许可以把他们称为一群靠耍小聪明过日子的绅士。他们诈骗的对象似乎分为两类：一类是花花公子，一类是当兵的。前者的主要特征是蓄着长发，满脸微笑；后者的主要特征是身着军装，横眉竖眼。

降到我们称之为上等人的尺度之下，我发现了一些值得我思索的更阴暗更深刻的主题。我看见闪着敏锐目光的犹太商贩，他们的每一个面部特征都只呈现出一副奴才相；我看见身强力壮的职业乞丐瞪眼怒视比他们更名副其实的同类，而那些同类仅仅是被绝望驱赶到街头来获取博爱。我看见一些身体虚弱、面容苍白的病者，死神离他们已仅有咫尺之遥，他们侧着身子蹒跚在人群之中，可怜巴巴地望着每一张脸庞，似乎在寻求一种偶然的慰藉，寻求一种失落的希望。我看见一些质朴的年轻姑娘，干完长长的一天活后正回她们没有欢乐的家，她们悲愤地躲避歹徒恶棍的盯视，而实际上她们甚至连更直接的伤害都没法避免。我看见各种类型各种年龄的街头妓女，她们那种袒胸露臂的女性成熟之美使人想到卢奇安笔下的那尊雕像，表面是帕罗斯岛的白色大理石，里边却塞满了污泥烂淖，一群华丽衣裙包裹的令人作呕而无可救药的麻风病患者，一群用珠宝首饰和白粉红脂掩盖皱纹、做最后一番努力要留住青春的老太婆；另外还有一些体形尚未发育成熟的女孩，但她们已在长期的卖俏生涯中成为搔首弄姿、卖弄风情的老手，正雄心勃勃地要在这伤风败俗的行当中与她们的老大姐们并驾齐驱。我还看见许多难以形容的酒鬼，其中有些人衣衫褴褛，偏偏倒倒，口齿不清，他们往往满脸青肿，两眼无光；有些人身着肮脏但还成套的衣服，步履踉跄却依然昂首阔步，他们通常有色眯眯的厚厚嘴唇，有容光焕发的红润脸庞；另一些人穿着曾一度非常体面、现在也用心刷过的衣服，他们走起路来有一种稳实轻快却不甚自然的步态，但他们的脸白得令人心惊，眼睛红得令人胆战，而当他们穿过人群之时，他们发抖的手指会抓住每一样他们能够抓住的东西。除了上述几类人，我还看见卖馅饼的、搬行李的、运煤炭的、扫烟囱的、拉风琴的、耍猴戏的、卖艺的和卖唱的，以及各类蓬头垢面的工匠和精疲力竭的苦力，这所有的人汇成一股沸沸扬扬闹闹哄哄的巨流，使人觉得聒噪刺耳，目不暇接。

随着夜色的加深，我对窗外景象的兴趣也越发浓厚。这不仅因为人群的属性起了实质性的变化（由于循规蹈矩的那部分人纷纷回家，街头优雅的身影渐渐稀少，而粗鲁的身影更加突出，黑夜从阴暗处带来各种丑恶），而且还因为刚才还在与残留的暮色相争的煤气灯光此刻已终于占了上风，在所有物体上投下一阵阵绚丽夺目的光亮。所有一切都黑暗但又辉煌，就像一直被比喻为德尔图良风格的黑檀木。

灯光的强烈效果使我的目光只能局限于每个行人的脸。尽管窗前灯光闪烁非常急促，只允许我对每张脸匆匆瞥上一眼，但我在当时特殊的精神状态下，竟似乎能在那么短促的一瞥之间，从一张脸上读出一部长长的历史。

我就那样把额头靠在窗玻璃上，凝神细看街上的行人。突然，一张面孔闪进我的视野（那是一位大约65或70岁的老人的脸），由于那副面孔所具有的绝对独一无二的神情，我一下就被完全吸引住了。我以前从不曾见过哪怕与这种神情有丝毫相似的任何表情。我现在还清楚地记得当我第一眼看见那张脸时，脑子里闪过的第一个念头，我想假若雷茨希[1]见到了这张脸，

1 雷茨希（F. A. M. Retzsch，1779—1857），德国画家，因替歌德的《浮士德》插图而闻名。

他一定会非常乐意把他作为他画那个魔鬼的原型。当我在那转瞬即逝的一瞥之间力图从那种神情中分析出某种意义之时，我脑子里闪过一大堆混乱而矛盾的概念：谨慎、吝啬、贪婪、沉着、怨恨、凶残、得意、快乐、紧张、过分的恐惧、极度的绝望。我感到异常的激动、震惊和迷惑。我暗自叹道："那胸膛里书写着一部多么疯狂的历史！"接着我产生了一种想再看见他、更多地了解他的强烈欲望。匆匆穿上外套，抓起帽子和拐杖，我一头冲上大街，汇入人流，朝我刚才看见老人消失的方向挤去。经过一番磕头碰脑摩肩擦背，我终于看见了他的背影。我向他靠拢，紧跟在他的身后，但非常小心，以免引起他注意。

我现在有机会把他仔细打量一番。他身材又矮又瘦，看上去非常虚弱。他的衣着总体上又脏又破，但借着不时强烈闪亮的灯光，我发现他的亚麻衬衫虽说很脏，但质地精良。要么是眼睛欺骗了我，要么就是我真从他那件显然是二手货的纽扣密集的长大衣的一道裂缝间瞥见了一颗钻石和一柄匕首。这一发现更加激起了我的好奇心，我决定紧紧跟着这老人，无论他去什么地方。

此时天色已完全黑下来，悬浮于城市上空的一层浓云密雾不久就化作了一场持续的大雨。这一天气变化在人群中产生出一种奇妙的效果，他们顿时陷入一场新的骚动，全部躲到一张张伞下。人群的晃动、推挤和嘈杂声比刚才增加了十倍。我对那场雨倒不很在乎，一种热病长期潜伏在我体内，这使浇在我身上的雨水虽说危险却令人感到几分惬意。我用手巾蒙住嘴，继续跟踪前行。老人用了半小时费力地挤过那条大街。我一直紧跟在他身后，唯恐把他丢失。他一次也没有回头张望，因而也没有发现我在跟踪。不久他拐上了一条横街，虽然那条横街也人来人往，但不如刚才那条大街拥挤。这时他的行动有了明显的变化。他比刚才走得更慢，更显得没有目标，更露出几分迟疑。他似乎漫无目的，忽而走到街的一边，忽而又走到另外一侧。街上行人依然很多，他每次穿过街道我都不得不紧紧相随。那条横街又窄又长，他差不多走了一个小时，其间路上的行人慢慢减少，最后降到了中午时分百老汇大街靠近公园那一段的行人密度——美国最繁华城市的人口与伦敦的人口相比也有天壤之别。第二次拐弯把我们带到了一个灯火辉煌、人声鼎沸的广场。一进广场，陌生老人又展现出他在大街上时的风采。他下巴垂到胸前，紧皱眉头，眼睛飞快地转动，扫视他身边的人群。他坚定不移地挤开他前行的道路。可我吃惊地发现，当他绕着广场走完一圈之后，他又转身开始绕第二圈。更令我惊讶的是他竟这样反反复复地绕着广场走了好几圈，有次他猛然掉头时差点发现我。

他就这样在广场上消磨了又一个小时，当他绕最后一圈时，挡住他去路的行人比起他绕第一圈时已大大减少。雨下得很急，空气渐渐变凉，人们正纷纷回家。他以一种急切的姿势钻进了广场旁边一条比较偏僻的街道。沿着那条约四分之一英里长的僻街，他以一种我做梦也想不到如此年迈之人会具有的敏捷匆匆而行，这使我费了一番劲儿才跟上他。几分钟后我们来到了一个热闹的商业区，陌生老人似乎很熟悉那儿的方向位置，他又开始故技重演，在一群群顾客和商贩中来来回回地挤来挤去。

在穿行于商业区的大约一个半小时中，我需要格外小心才能既跟上他又不被他察觉。幸好那天我穿着一双橡胶套鞋，走起路来可以没有一丝声响。他从一家家商店进进出出，既不问价也不吭声，而是以一种急切而茫然的目光扫视一切。现在我对他的行为更是大为惊异，下定决心要一跟到底，直到我对他的好奇心多少得到满足。

一座大钟沉重地敲了 11 下，商业区的人群很快散去。一家商店老板关铺门时碰到了那位老人，我看见老人浑身猛然一阵战栗。他仓促间冲到街上，焦虑地四下张望了一阵，然后以惊人的速度穿过一条条弯弯拐拐、无人行走的小巷，直到我们又重新回到他最初出发的那条大街，即D饭店所在的那条大街。可大街上早已不是刚才那番光景。虽说它依然被煤气灯照得通亮，但此时大雨如注，行人稀少。陌生老人的脸慢慢变白。他郁郁不乐地顺着不久前还熙熙攘攘的大街走了几步，然后重重叹了口气，转身朝着泰晤士河的方向走去，穿过许多僻静的背街小巷，最后来到一座大剧院附近。当时正值散场的时候，观众正从剧院大门蜂拥而出。我看见老人大口喘息，仿佛重新投入人群使他透不过气来，但我认为他脸上那种极度苦恼已大大缓解。他的头又重新垂到胸前，看上去又像我第一眼看见他时那样。我注意到这次他挑选了观众最多的那个方向，可对他这些反复无常的行为，我基本上还是大惑不解。

越往前走人群越是渐渐散去，他又恢复了不安和犹豫。他一度紧随一伙由十一二人组成的喧闹的人群，可那伙人越来越少，到一个又窄又暗的僻静小巷时，前面只剩下三个人了。陌生老人停下脚步，一时间好像在出神思考。最后他显出激动不安，大步流星地踏上了一条路，那条路把我们引到城市的边缘，来到了与我们刚走过的那些地方完全不同的区域。这是全伦敦最令人厌恶的一个角落，这里的一切都打上了悲惨、贫困、绝望和犯罪的烙印。借着偶然闪出的微弱灯光，可以看见一些高高的、古式的、虫蛀的、摇摇欲坠的木制房屋，房屋之间的一条通道是那么迂回曲折，那么三弯九转，完全不像是一条街道。街面上的铺路石极不平整，早已被蔓延的荒草挤得七零八落。路旁堵塞的臭水沟里淤积着污秽。空气里也充满了颓败凄凉。但随着我们往前行走，渐渐地又听到了人声，最后全伦敦最自暴自弃的那些人出现在我们眼前，三五成群东倒西歪地来来往往。那位老人的精神又为之一振，如同一盏灯油将尽的油灯那么一跳。他前行的步伐又一次变得轻快起来。转过一个角落，一阵炫目的灯光突然闪耀在我们前方，我们面前是一座巨大的郊外酗酒者的神庙（一座魔鬼的宫殿），廉价酒馆。

当时已经快要天亮，可一群群肮脏的酒鬼还在从那道花里胡哨的门洞进进出出。随着一声低低的半惊半喜的尖叫，老人跻身于人群之中，一下又恢复了他不久前的举止，毫无目的却大踏步地走来走去。不过这次他没走上两个来回，酒鬼们纷纷涌出门来，这说明老板就要关门打烊了。这时从被我锲而不舍地跟踪的那位怪老头的脸上，我看到了一种甚至比绝望还要绝望的神情。但他并没有为他的行程而踌躇，而是立刻疯野地甩开大步，顺着原路返回伦敦那颗巨大的心脏。在他匆匆而行的长路上，紧随其后的我已到了最惊讶的地步，我横下心绝不放弃现在已吸引了我全部兴趣的这场追究。我们还在路上太阳就已经升起，而当我们再一次回到最繁华的市中心、D 饭店所在的那条大街之时，街上的喧哗与拥挤几乎已不亚于前一天晚上我所见到的情景。在这儿，在不断增加的人山人海中，我坚持不懈地紧跟在那位陌生老人身后。可他与昨晚一样，只是在街上走过来又走过去，整整一天也没走出那条大街的骚动与喧嚷。而当夜幕重新降临之时，我已经累得精疲力竭，于是我站到那流浪者跟前，目不转睛地注视他的脸。他没有注意我，但又一次开始了他庄严的旅程，这下我停止了跟踪，陷入了沉思。最后我说："那个老人是罪孽深重的象征和本质。他拒绝孤独。他是人群中的人。我再跟下去也将毫无结果，因为我既不会对他了解得更多，也不会知道他的罪孽。这世上最坏的那颗心是一部比《幽灵花园》还粗俗的书，它拒绝被读，也许只是因为上帝的一种仁慈。"

灯塔（残稿）

1796年1月1日。今天是我上这座灯塔的第一天。按照与德格拉特的商定，我把它记入我的日记本中。我将尽可能地定期写日记，但对像我这样离群独居的人而言,很难说会发生什么样的事。我也许会厌倦，或者更糟……到此为止还不错！小汽艇来时如履薄冰，但既然我现在平平安安地在这儿，干吗还要去想那事？我的情绪已经在开始好转。我想这至少是我一生中的第一次完全孤独，因虽说内普丘恩个头挺大，但当然不能把它看成是“社会”。我真希望在“社会”中能找到这可怜的狗所具有的一半忠诚。从这个角度看，我与“社会”说不定并没有分离——那怕在这一年……最令我吃惊的是德格拉特为我弄这份差事居然还遇到了困难，而我是这个王国的一名贵族！连宗教法庭也不可能怀疑我管理这座灯塔的能力。在此之前某人来管理过这座灯塔……过得和通常那三个守塔人一样好。这差事简单得不能再简单，印刷好的指令把一切都说得清楚明了。让奥恩多夫来陪我可绝对不行。只要他在我身边我就绝对没法读书，单是他闲不住的嘴就叫人难以忍受，更不用说他那支烟雾不断的海泡石烟斗。再说，我希望孤独……真奇怪，在此之前我从来没注意过“孤独”这个字眼听起来有多么阴郁！我几乎能想象这圆形墙的回音中有某种特异之处。可是,哦,不！这全是胡思乱想。我真认为这种与世隔绝将会使我紧张不安。这可绝对不行。我还没忘记德格拉特的预言。现在该爬上塔顶瞭望一番,去“看看我所能看见的”……真是看看我所能看见的！能看见的并不太多。浪头小了一些，我这么认为，但汽艇的返航仍然会很艰难。它几乎不可能在明天中午以前看见北海岸，虽说北海岸离这儿最多只有 190 英里或 200 英里。

1 月 2 日。我在一种不可能形容的心醉神迷之中度过了今天。我对孤独的渴望从不曾得到过更充分的满足。我不说已心满意足，因为我相信我今天所体验的这种欣喜将永远不会令我知足……大约黎明时分风停了下来，到了下午大海也完全平静……什么也看不见，即使用望远镜，唯有大海与蓝天和一只偶然掠过的海鸥。

1月3日。整整一天都风平浪静。天近黄昏，大海看上去就犹如一面镜子。曾有几片海藻漂进视野，但除此之外再也没看见过任何东西，哪怕是一丝云……整天都忙于探查这座灯塔……它很高……当我登上它长长的楼梯时才意识到这一点……我应该说从低潮标到塔顶也许尚不足160英尺。但从塔内地面到塔顶的高度至少有180英尺，所以塔内地面比海平面低20英尺，即便是在退潮的时候……我觉得塔内水平面下面的那一截似乎该填上砖石。这样肯定会使整个灯塔更安全……可我到底在想什么？像这样的一座建筑在任何情况下都会安如磐石，即使遇上最猛烈的飓风我也不用为安全担心……可我曾听一些水手讲过，据他们所知，若是偶然遇上从西南方刮来的飓风，这片海域的浪头之高除了麦哲伦海峡西口之外侧就无处可比。尽管单凭巨浪不可能有损于这用铁板加固的塔墙，这墙至高潮标以上50英尺有4英尺厚，如果1英寸……灯塔所坐落于其上的基石在我看来似乎是白垩……

1月4日。